윌슨, 라이라, 루이스에게

-스티븐 버틀러

도그 다이어리

2 메리 개리스마스!

제임스 패터슨 · 스티븐 버틀러 글
리처드 왓슨 그림 | 신수진 옮김

마술피리

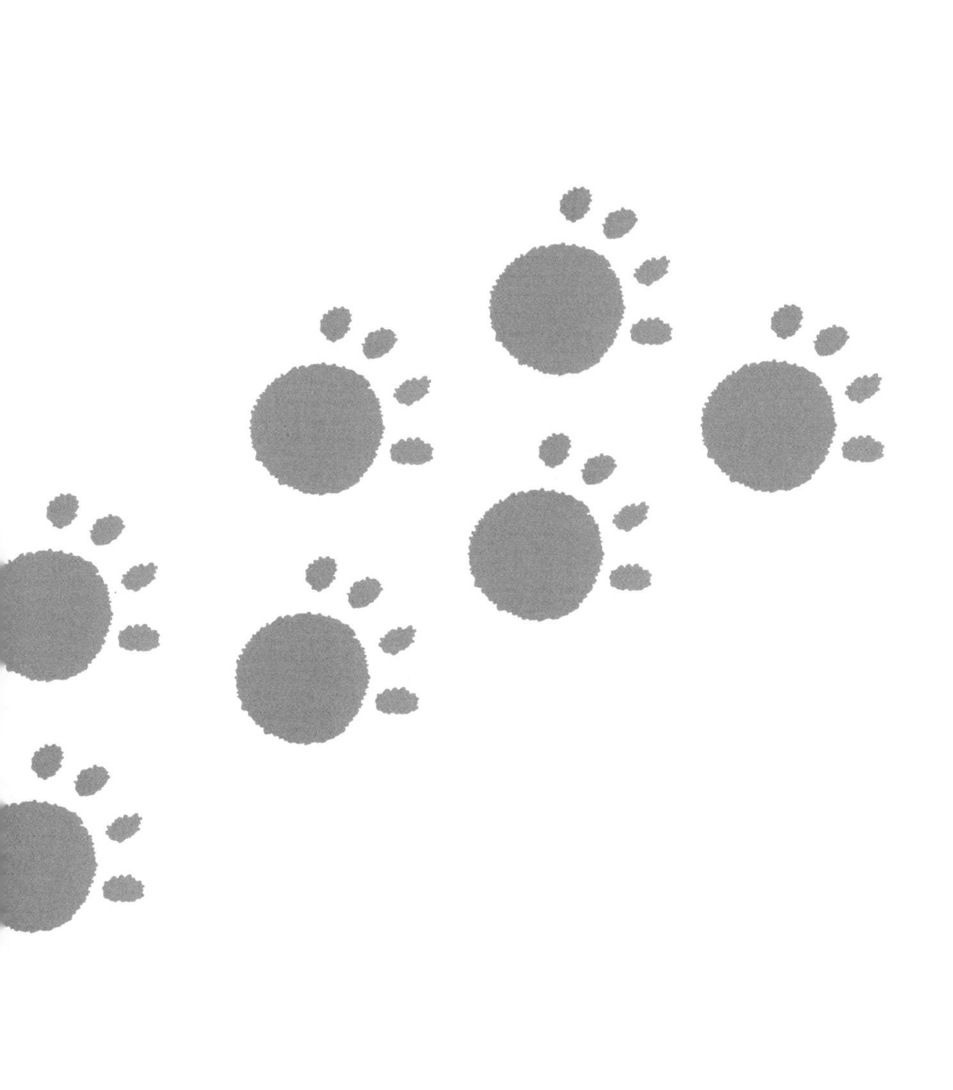

안녕, 털 없는 친구!

우와아아……. 내가 이번에 새로 쓴 책도 펼쳐 보고 있구나!

네가 다섯 손가락으로 이 책을 잡고 있는 걸 보니 너무너무 신나는 거 있지. 진심이야! 이제 우리 왁자지껄 개리스마스 준비를 같이해 볼까? 나는 인간들이 정말 좋아……. 너는 그중에서도 **가장 멋진 사람**일 거고. 아우웅 흥겨운 노래, 흔들흔들 멍멍 댄스가 절로 나올 것만 같은 기분이야.

컹컹 짖기 딱 좋은 순간이지! **팽팽 꼬리 흔들기도 딱**

좋고! 워워…… 잠깐만……. 나 혼자 너무 앞서 나가는 건가?

만약에 네가, 컹왕짱 재미난 내 책 《도그 다이어리 1 - 위풍당당 도그쇼 대소동》을 읽어 본 적 없으면 어떡하지?

에이, 설마 그럴 리가!

음, 만약 안 읽어 봤다면 '개처럼 되어 보기'를 진지하게 생각해 볼 필요가 있어.

그래, 무슨 생각 하는지 알아. 너는 머리를 긁적이겠지. 인간들은 몸에 개벼룩이 없는데도 꼭 그러더라. 그리고 혼잣말로 중얼거리겠지? 개처럼 되어 보기라니, 그게 대체 뭐지?

걱정하지 마, 인간 친구야. 내가 다 설명해 줄게. 내 책은 아주 실용적인 강아지 백과사전이거든. 단기 집중 훈련 교재라고 생각해! **침이 줄줄 흐를 만큼 재미있을 거야!**

이 책을 읽으면, 금세 나처럼 하루하루가 즐거울 거야. 더 행복하게 더 방방 뛰어다니다가, 뒷마당에서 라쿤과 마주치면 컹컹 짖어 댈 수 있을 테니까. **내가 장담할게!**

하지만 이 책에 코를 파묻고 읽기 전에, 꼭 알아 두어야 할 게 몇 가지 있어.

첫 번째, 내 이름은 주니어야……. 반가워!

헤헤! 이렇게 인사하는 거 정말 좋아!

사실 개들은 이런 식으로 자기소개 하는 걸 귀찮아해. 보통은 빛의 속도로 상대방의 엉덩이 냄새를 맡으면 되거든. 하지만 인간들은 별로 좋아하지 않는 방법이라면서? 나도 일찌감치 배워서 알고 있긴 해……. **헤헤!**

또 한 가지 얘기해 줘야 하는 건 뭐냐면……. 음……. 인간 친구에게 이런 말부터 하고 싶지는 않지만, 달리 방법이 없네. 제대로 이야기를 시작하려면……. 그래, 우리가 서로에 대해 **제대로 알려면 말이지…….** 내가 지난번에 뭘 해야 했는지 너도 알아 두는 게 좋아. 사실 멍멍어 중에서도 가장 끔찍한 말인데……. 아으, **생각만 해도 싫다!** 가장 용맹한 사냥개조차도 이 말을 들으면 울부짖으면서 저 멀리 도망칠 거야!

책장을 넘기기 전에, 마음 단단히 먹어.

흥분하면 안 돼.

숨 들이쉬고…… 내쉬고……. 침대 아래나 세탁물 더미 사이로 숨어.

들을 준비 됐어? 그래, 좋아……. 내가 뭘 했냐면…….

복종 훈련!!

으윽! 세상에 이 정도로 끔찍한 낱말이 또 있을까. 그런데 나는 올여름에 이 말을 **귀에 딱지가 앉을 만큼** 자주 들어야만 했어.

그런데 말이야……. 네가 만약 이 컹왕짱 재미난 시리즈의 첫 번째 책을 아직 안 읽었다면, 내가 지금 무슨 말을 하고 있는지 이해가 안 될 거야. 내가 얼마나 끔찍한 악몽 같은 날들을 견뎠는지……. 아무도 배를 긁어 주지 않고 간식도 주지 않는…… **고강도 복종 훈련 코스**였거든.

정말 힘들었어, 인간 친구야! 힐스 빌리지 강아지 공원에서 받았던 복종 훈련 코스를 되돌아보면, 휴, 그때 난 정말 이제 죽었구나 싶었거든. 어찌나 지루하고 고통스럽던지, 내 몸이 아주 그냥 최고급 살코기 통조림처럼 질척하게 녹아내릴 뻔했지 뭐야. 아휴, **진짜 진짜 진짜로 따분해 죽는 줄 알았어!**

상상해 봐! 나 같은 강아지가 불쌍하게 아이오나 스트라이커 여사님에게 붙잡혀서 여사님의 응석받이 푸들 프린세스처럼 이리 뒹굴고 저리 뒹굴고, 엎드리고, 죽은 척까지 하는 모습을. 그 시간에 라쿤이나 쫓아다니고, 세상 둘도 없는 멍멍이 친구들과 킁킁거리면서 놀이터를 헤집고 다녔어야 하는데 말이야.

"그래도 여름 내내 잘 놀았잖아, 주니어!"

너 방금 이렇게 말했지?

하지만 털 없는 친구야, 섣불리 판단하지 마. 내가 줄무늬 바지 입은 스트라이커 여사님에게 굴복해, 그 훈련에 순순히 따랐을 거라고 생각해?

절대 아니지!

나는 진면목을 보여 줬어. 상품을 싹쓸이할 생각은 없었는데, 1년에 단 한 번 열리는 **위풍당당 도그쇼**에 나가서 한 해 동안 먹고도 남을 음식을 상으로 받아 온 건 바로 나

였단 말이지. 스트라이커 여사님의 새침데기 푸들 프린세스가 아니라. 하지만 그 비결이 무엇이었는지는 네게 말해 주지 않을 거야…….

헤헤! 너도 구경 왔더라면 좋았을 텐데. **컹왕짱 멋진** 도그쇼였거든! 하지만 **진짜 진짜 진짜 멋진 반려 인간, 러프 강쥐도리언**이 도와주지 않았더라면 나는 상을 받지 못했을 거야.

저 얼굴을 좀 봐. 내가 장담하는데, 너희 인간들은 모두 **멋지고 똑똑하지만,** 이 세상에 그 누구도 러프만큼 나를 신나게 하지는 못할 거야. 나는 러프만 보면 꼬리가 마구 흔들리고 멍멍 댄스가 절로 나오거든. 러프는 나 같은 강아지가 꿈에 그리던 최고의 반려 인간이야.

~~레이프 가차도리언~~

러프 강쥐 도리언

가만있자…… 내가 어디까지 얘기했지? 아, 그래. 이 정도면 충분히 기억을 킁킁 더듬어 본 것 같아. 벌써 16쪽까지 왔지만, 너한테 얘기해 줄 건 아직도 **잔뜩** 남아 있단 말이지.

있잖아, 우리 동네 힐스 빌리지에서는 말도 안 되는 일들이 계속 벌어지는 중이야. **진짜 진짜 희한한 일들이!!**

정말이야, 인간 친구. 그동안 무슨 일이 있었는지 얘기해 주면 네 귀를 의심하게 될걸.

자, 이제 책에 코 박을 준비 다 됐어?

좋았어……. 간식 가져오는 거 잊지 말고. 읽다가 간간이 쉬어야 할지도 모르니까 물어뜯을 장난감도 준비하는 게 좋을 거야. 재미있는 건 하나도 빠뜨리지 않고 모두 얘기해 줄게. 약속!

그럼, 시작해 볼까?!

화요일

너의 인간 가족은 동네에서 주로 무얼 하며 지내는지 궁금하네. 여기 힐스 빌리지에서는 말이지, 한 해가 저물어 가면서 모든 것이 점점 차가워지니 주변이 조금씩 이상한 방향으로 흘러가더라고.

어떤 희한한 일들이 일어나는지에 대해서 전에 들어 본 적이 있긴 한데, 여름 내내 복종 훈련(**우웩!**) 때문에 한바탕 난리법석을 치르느라, 그런 것까지 머릿속에 담아 두고 있을 수가 없었어.

바로 며칠 전, 내가 아주 바쁠 때였어. 그림 상자 방에 숨겨 놨던 냠냠쩝쩝 회오리 개껌을 찾아내서 열심히 씹고 있는데, 엄망이 귀에 대는 소리 막대 너머로 할멍한테 이야기하는 게 들리더라…….

멍절이라고?

내가 정확하게 들은 거지? 그동안 말로만 듣던 인간들의 멍절?!

아, 아무래도 설명을 하고 넘어가야겠다…….

그동안 있었던 일을 빠르게 훑어 줄게…….

힐스 빌리지 유기견 보호소 시절로 거슬러 올라가 보자. 그래, 우리가 '강아지 감옥'이라고 부르던 곳 말이야. 나와 네발 달린 털 친구들은 그곳 철창에 갇혀 있었는데, 바로 옆에는 '쭈글쭈글 할머니'라고 불리던 개가 있었어. 쭈글쭈글 할머니는 아주 아주 아주 아주 아주 나이가 많았고, 그곳에 있던 그 어떤 개보다도 오랫동안 갇혀 있었지. 개들의 시간으로 계산해 보면 백만 천만 억만 년도 더 될걸.

아무튼……. 한밤중에 관리인이 사무실 그림 상자 앞에서 꼬박꼬박 졸고 있을 때면, 쭈글쭈글 할머니가 절뚝거리며 철창 앞으로 다가왔어. 할머니는 지긋지긋한 감옥으로 끌려오기 전에 겪었던 일들을 이야기해 주곤 했지…….

내가 할리우드
표지판에다 오줌을
갈겨서 영역 표시했던
얘기 해 줬지?

할머니 이야기는 뭐든 다 재미있었지만, 다른 어떤 것보다 할머니가 흥분해서 자주 들려주던 이야기가 있었는데…….

인간들한테는 말이다,
'멍절 기간'이라는 게 있어.
치치감사절부터 시작해서
산타개로스라는 덩치 크고
수염 덥수룩한 아저씨가
찾아오는 날까지
한 달 가까이
아주 정신이 없지.

에이,
없는 말 지어내지
마세요!
말도 안 돼요!

우리 중에 그 누구도 할머니 말을 믿지 않았어. 그런데 바로 지금 내 귀에 **'멍절 기간'**에 대해서 강쥐도리언 가족이 이야기하는 게 들려오고 있잖아!

몇 날 며칠 멍멍 짖기만 하면 되는 기간이 있다는 이야기 들어 본 적 있어? 음, 나는 처음 듣는걸!

당장에라도 그림 상자 방 카펫 위에서 멍멍 댄스를 추고 싶어 참을 수가 없네!

만약 쭈글쭈글 할머니가 얘기했던 게 전부 사실이라면, '멍절 기간'이야말로 인간들의 멍절 가운데 가장 성대하고 즐거운 날들일 거야. 끝내주는 일 아니야? 힐스 빌리지 사람들은 **멍절을 아주 좋아하지!** 사실 멍절은 이때 말고도 아주 많아서, 네 발로는 다 셀 수도 없어.

농담하는 거 절대 아니야, 털 없는 친구! 나는 엄망이 식량 방 벽에다 붙여 놓은 달력을 물끄러미 바라본 적이 있는데, 진짜로 온갖 종류의 멍절이 빼곡하게 표시되어 있었다고.

내 말 못 믿겠어? 진짜라니까…….

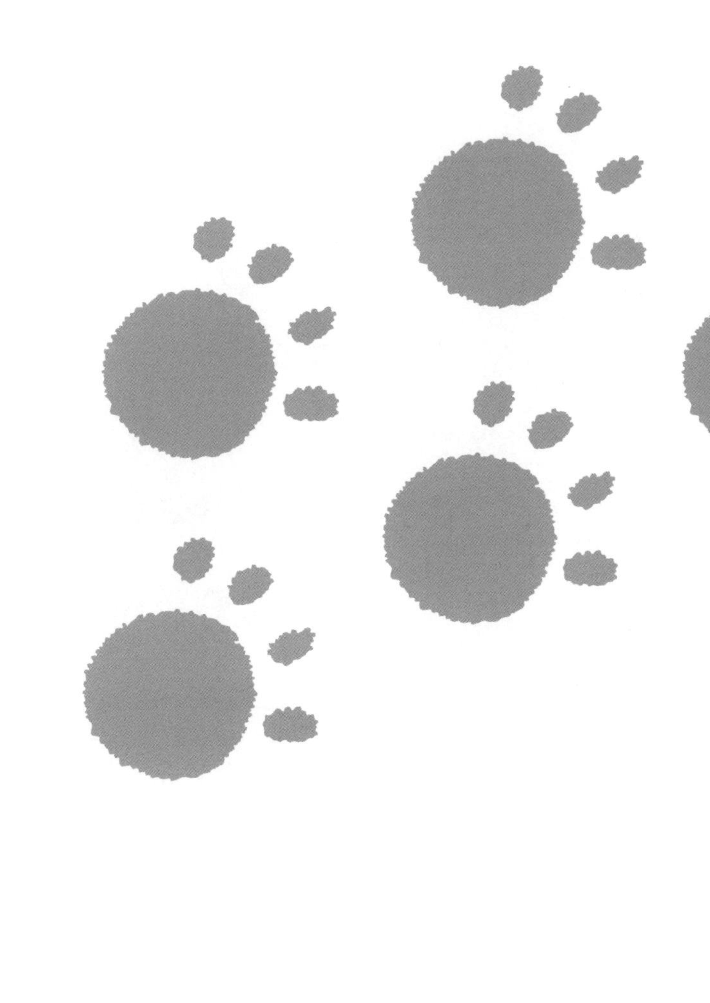

한 해가 시작되는 날은 '뉴 이어즈 데이'라고 해. 새로운 (뉴) 양쪽 귀(이어즈)를 갖게 되는 날인가 봐.

그다음엔 1월 중순에 **마틴 루터 킹 찰스 카발리에 스패니얼의 생일***이 있어. 누군지 잘은 모르지만, 킹 찰스 스패니얼 중에서도 꼭 기억해야 할 중요한 개인가 봐!

* 마틴 루터 킹 데이: 흑인 차별에 맞서 싸운 마틴 루터 킹 목사를 기리기 위해 지정된 공휴일로, 목사의 생일 무렵인 1월 셋째 월요일이다.

2월에는 **조지 워싱통통 대통령의 생일**이 있는데……
아마도 꽤나 장난꾸러기 대통령이었던 것 같아.

여름에는 **도그립기념일**이 있어! 굉장히 성대한 파티가 열리지. 벽이란 벽에는 온통 미국 국기 모양으로 장식을 하고, 하늘로 거대한 불꽃 화살을 팡팡 쏘아 올려서 그날을 기념하거든. 우리 멍멍이들은 불꽃에 화들짝 놀라기도 하지만, 힐스 빌리지의 인간들은 아무리 많이 봐도 끄떡없나 봐.

우와아아!
캬아아아!

그리고 마침내…….

짜잔! 이제 가장 신나는 때가 왔어! 바로 멍절들이 이어지는 기간!

한 해의 마지막을 아주 풍성하게, 왈왈 즐겁게 보낼 수 있는 시간이지…….

쭈글쭈글 할머니는 우리한테 치치감사절과 개리스마스에 대해서 엄청 많은 이야기를 들려주었어. 하하, 멍절 이름 진짜 우습지 않아? '치'는 인간어로 '이빨'이라는 뜻이니까, 새 이빨을 한 개도 아니고 두 개나 받게 된다는 거잖아. 그다음에는 개리스마스! 말만 들어도 엄청 신나는 멍절일 것 같아. 바삭바삭 멍멍이 과자를 잔뜩 먹으면서 신나게 놀아야지!

아아, 행복해!

수요일

도저히 흥분을 가라앉힐 수가 없어, 인간 친구야. 모두 사실이었다는 거잖아!

엄망이 소리 막대에 대고 '멍절'이라고 말하는 걸 들은 때부터, 나는 모든 감각을 곤두세우고 있었어. 정말인지 알아보려고 말이야.

근데 그거 알아? 증거는 곳곳에 있어! **뒷마당만 봐도 안다고!** 모든 게 다 변하고 있어서, 내가 힐스 빌리지 유기견 보호소 바깥에서 맞는 첫 번째 겨울이라는 것이 확실하게 실감이 났어.

이리 와 봐, 내가 보여 줄게…….

이 **모든 게** 멍절 기간과 관련 있을 거야. 내 직감인데, 확실해!

덤불은 주황색으로
변했어!
빨간 나뭇잎
라쿤 녀석들,
굴을 파고 있군!
나중에 실컷 냄새 맡아야지!

노란 나뭇잎
나뭇잎 무더기……
풀쩍 뛰어내리기에도 좋고
몰래 응가하기에도 최고!

컹왕짱 멋지지! 그런데 나무들이 왜 잎사귀를 죄다 땅에 떨구고 벌거벗고 있는지 도무지 모르겠어. 이해가 안 돼! 음, 나무들이 너무 늙은 걸까? 아니면 칠칠치 못해서 그런가? 아니면 이 마을 사람들과 멍멍이들에게 잎사귀를 선물해 주고 싶은가?

농담 아니야! 이보다 그럴듯한 답이 생각나질 않는다고!

여태껏 바스락거리는 나뭇잎 더미를 발로 차 본 적이 없다면, 털 없는 친구야, 너는 분명히 '개처럼 되어 보기'를 좀 더 해 볼 필요가 있어. 개들이 시간을 보내기에 이보다 재미난 방법은 없거든!

여기까지 말해 줬으면, 멍절이 뭐가 좋은지 잘 알았겠지…….

우오오오오, 멍절이 뭐가 좋냐면……. 이제 내일이면 특별한 행사가 열릴 거야. 생각만 해도 기분이 들뜬다!

뒷마당에는 바스락바스락 소리와 흥겨운 속삭임이 가득해. 나는 식사 시간에 들려오는 모든 대화에 귀 기울이며 멍절과 조금이라도 연관된 소리를 포착하면 죄다 메모하고 있어. 해마다 이맘때면 인간들이 멍절에 벌이는 괴상망측한 행사들을 **아주아주 많이 배우는 중**인데, 거의 대부분이 말도 안 되게 **우습더라고!**

내일이 바로 성대한 **'멍절 기간' 첫 번째 날**이야.

뭔지 알겠니…… 바로……

치치감사절!

강쥐도리언 가족 모두가 엄청나게 기대하고 있는 모양이야……. 물론 나도!

다른 사람들에게 새 이빨 두 개를 선물하는 특별한 날이라니, 상상이 가? 이보다 더 멍멍이스러운 행사를 나는 도저히 생각해 낼 수가 없다니까!

러프, 조조, 엄망, 그리고 할멍까지 드디어 개들처럼 제대로 된 치아를 가지고 인생 최고로 멍멍이스러워진다는 사실이 나로서는 더할 나위 없이 뿌듯해! 이제 강쥐도리언 가족들도 곧 어떤 음식이든 제대로 씹을 수 있게 될 거야! 운이 좋으면, 식량 방에서 가장 씹기 좋은 의자 다리가 어떤 거고 고릿하고 맛있는 양말 중에서는 어떤 종류가 갈기갈기 잘 찢어지는지를 나한테 배울 수도 있겠지, 헤헤!

같은 날 오전 9시

우와아아아! 치치감사절은 정말 정말 굉장한 날이 될 것 같아! 안 그럴 수가 없겠지?

엄망은 내일 우리가 **칠면조 고기**를 먹을 거래. 나가서 가족 만찬용으로 준비된 칠면조 고기를 가져온다고 했어.

칠면조가 뭔지 난 잘 알아! 에이, 딱히 신기할 것도 없어! 나는 **아주 정확히** 알고 있거든. 사실, 꽤 여러 번 먹어 보기도 했고!

칠면조란 뭉텅뭉텅, 질척질척, 부드러운 방울 모양 생물이야. 분홍색과 회색이 섞여 있고, 조그만 최고급 살코기 통조림 캔 안에서 살아.

헤헤! 거봐, 내가 잘 안다고 했지!

온몸이 뭉툭한 덩어리로 되어 있고, 참 희한하게 생겼어. 별로 하는 일은 없지만, 내 밥그릇에 앉아 있는 것도 좋아하고 나한테 먹히는 것도 정말 정말 좋아해. **아주 아주 아주 맛있기까지 하니** 얼마나 다행인지 몰라!

같은 날 오전 9시 28분

이제 출발! 엄망이랑 나는 사람들이 타고 다니는 바퀴 달린 상자에 올라타서 칠면조 농장으로 가는 중이야. 우리가 먹을 **초대형 칠면조**를 가져올 거야!

칠면조 농장이 있다는 소리 들어 본 적 있어?!? 나는 한 번도 가 본 적은 없지만, 분명히 이런 모습 아닐까 싶네…….

같은 날 오전 11시 33분

흐음…….

우리가 사는 개집으로 방금 돌아왔어. 엄망은 바퀴 달린 상자 뒤편에서 엄청 커다란 무언가를 들고 왔지. 나는 내내 앞좌석에 앉아 있었는데, 농장에 도착해 엄망이 초대형 칠면조를 받아서 상자 뒤편 트렁크에 싣는 건 보지 못했어. 방금 전에 엄망이 식량 방으로 갖고 들어갈 때에야 겨우 흘끔 볼 수 있었을 뿐이야……. 와, **진짜 심각하게 크더라!**

초대형 캔 사료라고 해도 보통은 그렇게까지 크지는 않거든. 근데 이건 러프가 잠자는 방에 있는 베개랑 쿠션을 다 합쳐 놓은 거랑 비슷한 크기였어! 칠면조는 거대한 쇼핑백에 담겨 있어서, 제대로 살펴볼 수가 없었어. 하지만 내일이면 우리 모두 실컷 먹을 수 있겠지, 으헤헤헤!

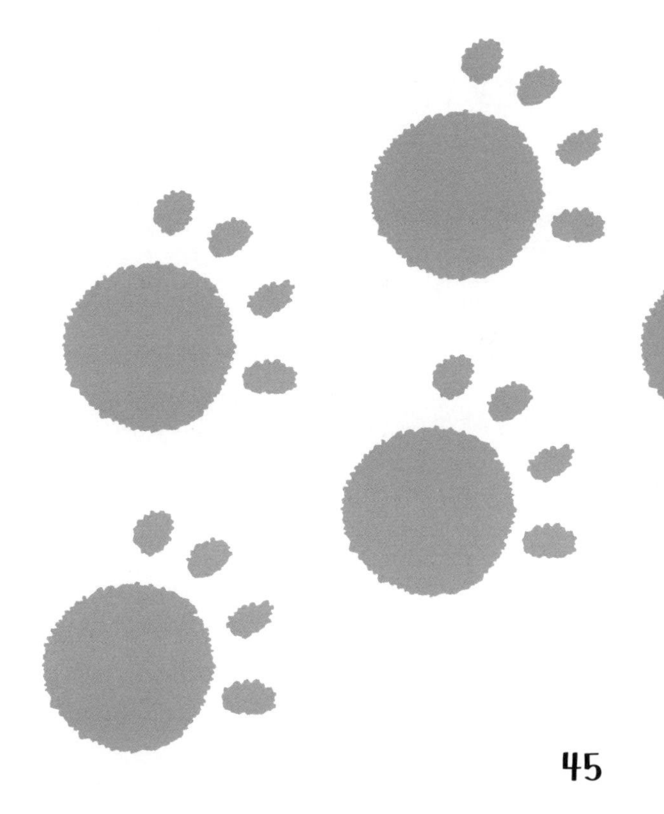

같은 날 오후 12시

으아아악! 인간 친구야, 나 너무 답답해! 거대한 칠면조 통조림을 살짝 들여다보기만 하겠다는데, 엄망이 나랑 러프, 조조 모두 식량 방에 못 들어오게 막았어. 엄망은 이렇게 말하지 뭐야…….

너희 둘 다 출입 금지야!
내일 깜짝 파티를 열
건데 망치면 곤란해!

같은 날 오후 1시

러프와 조조는 그림 상자 방을 장식하는 일을 맡았어. 그래서 나도 졸졸 따라가서 지켜봤지.

인간들이 뭔가 기쁜 일이 있다면서 벽에다가 물건을 거는 모습은 우리 개들한테는 아주 우스워 보여. 너도 어떤 때에는 아주 괴상해 보일 수 있어, **헤헤!** 도대체 뭐 하는 짓인지 모르겠다니까…….

올봄에 내가 크게 **당황했던 일**이 있었어. 할멍을 위해서 파티를 열었을 때야. 아마 내 생각에는 할멍이 한 살 더 먹은 걸 축하해 주려던 것 같아. 나는 도저히 이해할 수가 없어. 왜 엄망이 벽에다가 긴 밧줄을 늘어뜨리고 거기에다 펄럭거리는 작은 종이들이랑 색색깔 방울들을 헉헉거리면서 불어 가지고 장식을 하는지 말이야. 아니, 훨씬 더 신경 써야 하는 중요한 일들이 얼마나 많은데……. 예를 들자면, 식탁에 **식량을 가득** 채워 놓는 거라든지 새로운 손님들이 올 때마다 현관문에 대고 짖는 거라든지.

아무튼……. 러프는 지금 노란색 나뭇잎이 달린 나뭇가지를 뱅글뱅글 꼬아서 만든 고리를 벽에다 걸고 있어. 조조는 아까부터 창틀에다가 작고 둥근 주황색 물건을 늘어놓는 중이고. 처음에 나는 물어 오기 놀이를 할 때 쓰는 공인 줄 알고 조조가 한눈을 팔고 있을 때 하나 덥석 물어 왔어. 하지만 알고 보니 채소 같은 거지 뭐야. 느닷없이 입안에서 퍽 으깨지더라고. 지저분한 씨앗들이랑 질척거리면서 들러붙는 끈적이들이 사방으로 폭발했어!

인간들은 대체 왜 퍽퍽 터지기나 하는 채소로 개집을 장식하고 싶어하지?

잊지 말고 기억할 것

작고 둥근 주황색 장식품을 멀리할 것. 응가 맛, 그리고 매우 건강한 맛이 남. 에퉤퉤퉤퉤!

같은 날 오후 2시 17분

코를 간질이는 좋은 냄새가 식량 방에서부터 시작해 복도를 건너서 온 집 안을 가득 채우고 있어. 나는 내일 치치감사절에 우리 모두가 먹게 될 초대형 사료 캔을 절대 떠올리지 않으려고 무진장 애쓰는 중이야. 심장아, 제발 나대지 마라!

오후 3시 21분

아아, 못 참겠어! 엄망이 식량 방 안에서 요리하는 음식에서 너무 맛있는 냄새가 나서 앞발이 덜덜 떨릴 정도야. 너무 흥분되어서 다리가 저절로 쿵쿵거리고 씰룩씰룩거려!

오후 4시 45분

이대로라면 치치감사절까지 버티지 못할 것 같아, 털 없는 친구. 사방에 퍼지는 강력한 냄새 때문에 내 배에서 꼬르륵 소리가 나는데, 배 아픈 곰이 으르렁거리는 소리보다 더 클 것 같아!

오후 4시 57분

아…… 아……. 도저히 집중이 안 돼……. 마음이 가라앉지도 않고……. 그 칠면조 생각만 하면 침이 줄줄줄 흘러…….

엄망은 요리하는 동안 원래 내가 먹던 사료가 담긴 그릇을 복도에 갖다 두었어. 하지만 이전에 먹던 사료는 이제 쳐다보기도 싫은걸. **전혀 칠면조 같지 않잖아!** 이렇게 침을 많이 흘리다가 죽으면 어떡하지…….

오후 5시 4분

이제 곧…… 아…… 아……. 내 견생이 얼마 안 남은 것 같아……. 콜록……. **안녕, 잔인한 세상아!** 칠면조를 한 입이라도 먹지 않으면 1분도 더 못 버티겠어……. 헉헉……. 아, 칠면조……. 한 입만 먹었으면……. 아니…… 일곱 입쯤…….

오후 5시 12분

나 죽네!

오후 5시 36분

이제 가망이 없어!

오후 5시 46분

오후 5시 51분

오후 6시

그래, 그래, 그래……. 나 안 죽었어! 내가 좀 과장하긴 했지만, 진짜로 거의 죽을 뻔했단 말이야!

결국 나는 조조 방에 몰래 들어가서, 침대 위 선반에 놓인 오싹한 작은 플라스틱 인간을 하나 훔쳐 가지고 나왔어. 그랬더니 그 강렬하고 맛있는 냄새를 좀 잊을 수 있겠더라고.

어이! 내가 잘못했다는 말을 하고 싶은 거야? 그러지 마. 지금 나는 목숨이 왔다 갔다 한단 말이야. 내가 건드리면 안 되는 장난감 하나를 물어뜯기만 해도 충분히 정신 차릴 수 있어. 이런 순간에 누가 나를 비난할 수 있단 말이야?

평소라면 조조가 잠자는 방에는 들어가면 안 돼. 내가 방 안으로 슬쩍 들어가기라도 하면 조조는 온갖 신경질을 부리면서 난리를 쳐. 그래! 절대 출입 금지지……. 그러니까 당연히, 조조 방에 있는 물건들은 이 개집 안에 있는 다른 어떤 물건들보다도 흥미로운 맛 아니겠어.

하지만 일단 러프 방에 쌓아 둔 빨랫감 안에 조조의 작은 인간을 숨겨 두었어. 러프가 그림 상자 방에서 나를 부르고 있고, 난 이걸 들키고 싶지 않아. 러프가 뭘 원하는지 먼저 좀 알아보고…….

같은 날 오후 7시 33분

아아, 마이크 시험 중……. 현장에 나와 있는 주니어 강쥐도리언 리포터입니다. 폭신폭신 말랑말랑 의자에서 실시간으로 소식 전해 드리겠습니다.

하하! 장난이야! 그림 상자에서 이런 걸 보고 나면 한번 따라 해 보고 싶어지거든.

하지만…… 그거 알아? 러프랑 나는 의자에 푹 파묻혀 그림 상자를 보면서 치치감사절에 대해 알려 주는 프로그램을 시청했거든. 그래서 알게 된 게 한두 가지가 아니야. 내 말은…… 아직 인간어를 이해하는 능력이 썩 좋지는 않지만, 그래도 내가 치치감사절에 대해서 기본적인 것들은 알게 된 것 같아. 들어 볼래?

좋아……. 편히 자리잡고 앉아서 잘 들어 봐…….

치치감사절의 유래

아주아주 오랜 옛날, 강아지도, 최고급 살코기 통조림 같은 것도 사실상 존재하지 않던 시절, 개척자 개들과 반려 인간들이 지구 반대편에서부터 아주 먼 길을 헤엄쳐 와서 힐스 빌리지에 자리를 잡았어. 우와아아아, 진짜 멀리서도 왔지!

그들은 산더미처럼 쌓인 간식, 간질간질 배를 문질러 주는 다정한 손길, 마음 놓고 응가를 할 수 있는 장소 등으로 가득한 삶을 찾아서 용감하게 미지의 세계로 떠났던 거야. 하지만 새로운 땅에 도착했을 때, 그들은 이미 그곳에 고귀한 힐스 빌리지 원주민들이 무리를 이루어 살고 있다는 것을 알게 되었지.

처음에 힐스 빌리지 원주민들과 사냥개들은 개척자 개들과 반려 인간들을 매우 경계했어. 하지만 얼마 안 있어서 그들은 다 함께 어울려 군침 도는 성대한 저녁 식사를 했고 다들 엄청나게 많이 먹고 신나게 춤추었어. 그때부터 쭉, 11월 네 번째 목요일에는 가족이 모두 함께 모여서 이날을 기념하면서 새 치아가 필요한 사람들이나 개들에게 새 이빨을 주게 되었어. 치치감사절이라는 멍절은 이렇게 탄생한 거야! 끝.

어때? 내가 몇 가지 놓친 대목들도 분명 있겠지만, 대부분 제대로 알아들었을 거야. 이제 멍절에 대해 훨씬 이해가 잘 되는 것 같아……. 이 정도면 뭐…….

같은 날 오후 10시 30분

잠이 안 와, 털 없는 친구야. 모두 일찌감치 잠자는 방으로 들어갔어. 내일 열릴 성대한 기념식을 준비하는 거지. 하지만 난 머릿속에 온통 그 맛있는 고기 생각뿐이야.

할 수 있는 일은 다 해 봤지만, 아무 효과가 없었어! 러프의 베개 아래 머리 파묻기. 네발을 허공으로 쳐든 채 등 대고 눕기. 머릿속으로 양 숫자 세기. 이 마지막 수단은 쭈글쭈글 할머니가 강아지 감옥에서 우리가 밤잠을 못 이룰 때 알려 주신 방법이야. 하지만 나도 모르는 사이에, 양들은 맛있는 칠면조 통조림으로 변신하더니 “맛있겠지롱!” 하면서 나를 놀려 대고 있었어.

같은 날 오후 11시 8분

이제 어쩔 수 없어, 친구야. 오늘 밤에 잠을 자려면, 일어나 식량 방으로 가서 엄망이 준비해 둔 걸 살짝 들여다보기라도 해야 할 것 같아.

그래, 무슨 생각 하는지 알아. 너 방금 이렇게 말했지? "안 돼, 주니어! 그러다가는 분명히 사고 칠 거라고! 그 음식들을 보면 입이 근질거려서 절대 참지 못할걸!" 그래, 네 말이 맞아……. 보통은 그렇지.

하지만…… 나한테 기가 막힌 계획이 있어. 뭔가 집어 먹고 싶은 유혹을 못 참으면 곤란한 상황이 될 거잖아. 그럴 때를 대비해서 아까 빨랫감 사이에 숨겨 두었던 오싹한 작은 플라스틱 인간을 데려가려고. 그러면 엄망이 요리한 음식에 당장 달려들어 먹어 치우고 싶어지더라도, 플라스틱 장난감을 대신 씹으면 될 거야. 실패할 리가 없어!

오후 11시 45분

쉿! 따라오고 있어? 오, 이런……. 복도가 엄청 깜깜하다.

좋았어. 식량 방으로 들어가 보자. 휙 둘러보기만 하고 얼른 나와서 곧장 침대로 돌아갈 거야. 절대 사고 안 칠 거라니까. 나 못 믿어?

자, 들어간다…….

오전 0시

잠깐만! 너무 늦은 시간이란 거 알아, 털 없는 친구야. 하지만 뭘 봤는지 말을 해 줘야 할 것 같아서 그래. 네 눈으로 직접 봤어도 아마 믿기 힘들 거야.

나는 열려 있는 식량 방 문을 슬쩍 밀고 들어갔어. 온갖 환상적인 향기와 맛있는 냄새로 가득 찬 공기가 훅 밀려들어 오더라고. 식탁 위에는 작은 전등이 하나 켜져 있어서, 나는 모든 걸 아주 자세히 볼 수 있었지.

그래서 말이야……. 그 모든 광경을 본 순간, 이 멍멍이의 눈에 그렁그렁 눈물이 맺혀 버렸어.

식탁은 평소에는 볼 수 없었던 근사한 천으로 덮여 있었고, 꽃과 양초로 장식되어 있었어. 퍽퍽 터지는 작은 주황색 채소도 많이 올라가 있더라고. 엄망이 하루 종일 과자를 굽더니만, 비스킷과 동그란 빵이 유리 뚜껑 덮인 접시 안에 그득그득 쌓여 있었어.

주방 조리대에는 접시와 그릇이 줄지어 놓여 있었는데, 그 안에는 맛있는 냄새를 풍기는 음식과 소스가 담겨 있었어. 치치감사절 저녁 식사 때 요리해서 다 같이 먹을 건가 본데…….

나는 위를 한번 올려다보고……

아래를 한번 내려다보고……

식량 방 구석을 돌면서 킁킁 냄새를 맡았어…….

거대한 칠면조 통조림은 어디 있지? 분명 여기 어딘가에 있어야 하는데.

나는 몇 분간 식량 방을 킁킁대며 돌아다녔어. 어디에 있을까 골똘히 궁리하면서. 칠면조는 식탁 위에 없었어. 익히기만 하면 되는 상태로 접시에 담겨 조리대에 놓여 있지도 않았어.

바로 그때 내 똘똘한 머릿속을 번쩍 스쳐 지나가는 생각이 있었어! 흐음. 엄망이 고기 종류를 사 오면 뜨거운 불 상자에 올려서 요리하기 전까지 보관하는 곳이 딱 한 군데 있지.

차갑고
싸늘하고
기다란 기계!

나는 조조의 오싹한 플라스틱 인간을 바닥에 내려놓고, 고리에 걸려 있던 냄새나는 행주 하나를 집었어. 고개를 이리저리 저으면서, 차갑고 싸늘하고 기다란 기계의 문고리에 행주를 겨우겨우 걸었지. 그러고는 강아지 젖 먹던 힘까지 다해서 잡아당겼어.

처음에는 문이 전혀 움직이지 않았어. 낑낑대며 잡아당겼지만 달라지는 건 없었지.

지금 포기할 순 없어! 칠면조를 직접 보기 전에는 식량방을 나갈 수 없단 말이야. 거대한 칠면조 통조림이 머릿속을 휙휙 스쳐 지나갔고, 나는 마지막으로 힘을 쥐어짜서 홱 잡아당겼어. 그러자 차갑고 싸늘하고 기다란 기계 문이 벌컥 열리더니 차가운 안개가 새어 나왔어.

잠시 동안, 기다란 기계 안에서 퍼져 나오는 밝은 불빛 때문에 눈앞이 잘 보이지 않았어. 나는 눈을 가늘게 뜨고 흘겨보았어. 흥분한 데다 앞발 주위로 차가운 공기가 감돌아서 털이 쭈뼛 곤두섰어.

이거구나. 어디 보자…….

으아아아아아아아아악!!

기계 안에 얌전히 앉아 있는 그것을 본 순간 갑자기, 내 심장은 펄떡펄떡 뛰다 못해 목구멍까지 올라오는 느낌이었어.

분명 뭔가 잘못된 거야. 엄망이 설마 제정신이 아니었던 걸까?!

엄망이 집에 데려온 것은 질척질척 동글동글 칠면조 덩어리로 가득 찬 깔끔한 통조림이 아니라, 머리 없는 **거대한 벌거숭이 새**였어!

나는 날쌔게 피해서 식탁 아래로 몸을 숨겼어. 그 못생긴 녀석이 당장에라도 나를 공격할 것 같았거든.

식탁보 뒤에 안전하게 숨어서, 헐떡이는 숨소리를 내지 않으려고 애썼어. 그리고 저 거대한 벌거숭이 새가 공격을 시작하려는 신호를 알아차리기 위해 가만히 귀를 기울였지.

나는 기다리고……

또 기다리고……

또 기다렸지만……

아무 일도 일어나지 않았어.

킁킁 냄새를 맡아 보다가, 나는 슬그머니 식탁보를 젖히고 나왔어. 그리고 문이 열린 차갑고 싸늘하고 기다란 기계 안에 앉아 있는 괴상한 새를 물끄러미 바라보았지. 시험 삼아 몇 번 으르렁거려 보기도 하고, 달려들었다가 얼른 도망치고는 그 새가 무슨 짓을 하는지 살펴보기까지 했지.

털 없는 새는 전혀 움직이지 않았어.

나는 다시 한번 킁킁 냄새를 맡아 보다가, 군침 도는 짠맛과 기름 맛을 느꼈어. 오, 이건 최고급 살코기 통조림 냄새보다 훨씬 나은데!

저 차가운 기계 안에 있는 괴물은 내 악몽 속에서 멍멍이를 잡아먹던 무서운 녀석은 아닌 것 같군.

나는 슬금슬금 기어서 그쪽으로 다가갔어. 조금이라도 이상한 기척이 있으면 쏜살같이 달아날 준비를 갖추고서. 하지만 그 녀석은 여전히 움직이지 않았어.

녀석은 롤라가 방울방울 멍멍이 시리얼을 한 그릇 가득 먹어 치운 뒤에 엎드려 있듯이 조용히 앉아 있었어.

거의 다 왔어. 녀석은 커다란 쟁반 위에 얇게 썬 채소들과 초록색 나뭇잎 같은 것들에 둘러싸여 앉아 있었어. 엄망은 녀석한테 반질반질 향기로운 기름도 뿌려 주고 소금과 후추도 뿌려 주었더라고. **우와!** 이 녀석은 누군가 애지중지하던 비둘기……. 멋쟁이 거위…….

뭐 그런 거였나……. 대단히 **호화로운 식사 재료**가 되겠는 걸, 헤헤!

벌거숭이 새한테는 갈라진 틈이 있었어(아마도 거기가 입인 것 같았음). 엄망은 얇게 썬 레몬이랑 초록색 양념 같은 걸 그 안에 덕지덕지 넣었더라고. 이 희한하게 생긴 녀석이 무척 배가 고팠나 봐.

바로 그때였어. 이 소금 후추 범벅인 벌거숭이 새가 너무 불쌍해지더라. 내일 아침에 뜨거운 불 상자 안에서 구워지고 나면 우리랑 즐거운 치치감사절 행사를 함께할 수가 없을 거잖아. 그래서 나는 녀석에게 내가 해 줄 수 있는 선물을 하나 주기로 마음먹었어. 얘한테도 지금은 멍절 기간일 테니까…….

나는 조조의 오싹한 작은 인간을 입으로 물어서 레몬 조각과 초록색 이파리들 사이에 끼워 넣었어. 그러면 이 벌거숭이 새도 마지막 밤에 이 개집을 통틀어 가장 맛있는, 평소라면 넘볼 수도 없었던 씹는 장난감을 신나게 맛있게 먹을 수 있겠지. 내가 이거라도 해 줄 수 있으니 다행이다…….

목요일 오전 0시 24분

이제 내 할 일은 다 끝났어, 인간 친구. 가족 식사에서 먹을 벌거숭이 새를 봤고…… 멍절을 맞아서 격려도 해 줬지……. 이제 행복한 마음으로 한숨 잘 자면 되겠어.

내일 보자!

목요일 오전 6시

일어나! 일어나라고! **일어나란 말이야!** 잘 잤어, 털 없는 친구? 드디어 그날이 왔어. 치치감사절이 됐다고! 갈갈 뭐든지 갉아 댈 수 있는 새로운 이빨을 받을 생각에 마음이 급해. 오늘 오후에는 뒷마당에 있는 나무를 앙 베어 물고 씹어 봐야겠어! 라쿤들이 깜짝 놀라겠지! 헤헤!

나는 개집을 분주하게 돌아다니면서 식구들을 죄다 깨우려고 해. 다들 가장 좋아하는 방법으로……. 뭐냐면, 이마 한

가운데를 앞발로 꾸욱 눌러 주는 거야. 잠깐만 있어 봐⋯⋯.

같은 날 오전 10시

아직 아무도 새 이빨을 받지는 못했네. 하지만 할멍이 인간들이 먹을 쿠키랑 멍멍이용 간식을 가져왔고, 우리는 그림 상자로 성대한 행진을 구경하고 있어.

나는 저런 걸 아직 실제로는 본 적이 없지만, 맹세컨대 나만큼 행복한 멍멍이는 없을 거야……. 아, 아니다. 아직 식사를 못 했구나. 헤헤! 견생처음 거대한 벌거숭이 새를 먹어 보겠네. 너무 기대된다!

오후 2시

시간이 됐다! 우리는 식량 방으로 모두 모였어. 강쥐도리언 가족은 함께 모여 앉아 식사할 준비를 하고 있지. 엄망은 나까지도 식탁에 앉게 해 주었어. 아주아주 맛있는 멍멍이 요리로 가득한 나만의 밥그릇이 놓여 있었지.

오후 2시 12분

아, 너도 봤어야 하는데, 인간 친구! 음식들이 다 차려져 있고……. 나는 이게 다 무슨 음식인지 알지는 못했지만, 할멍이 말하는 걸 귀를 쫑긋하고 열심히 들었어. 내가 알아들은 건 말이지…….

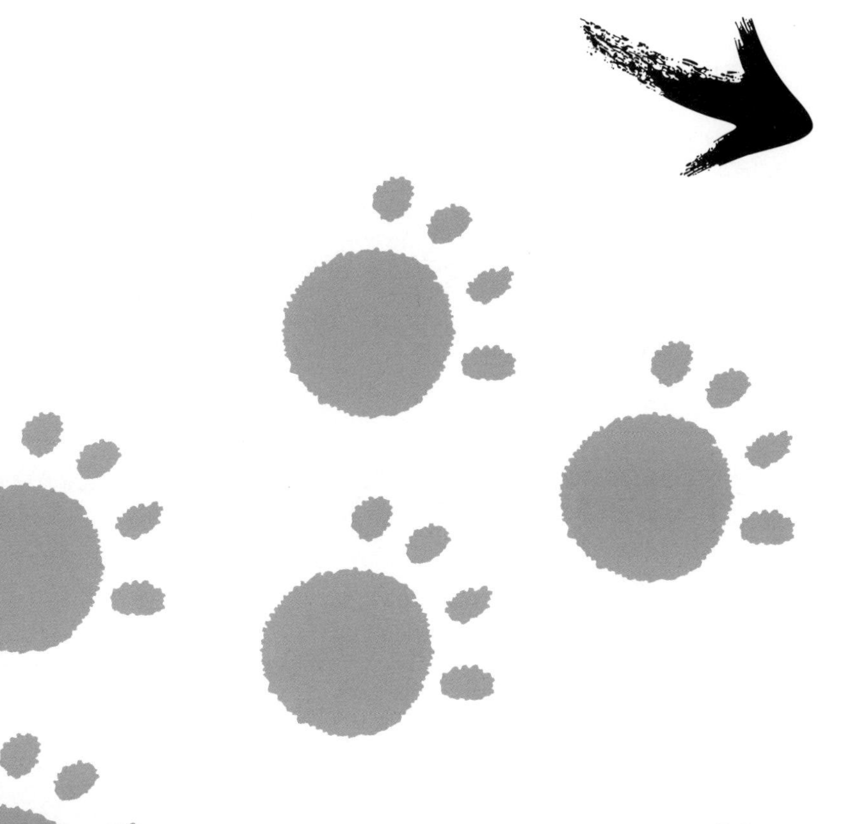

~~칠면조 구이 속재료~~

칠면조 내장

~~그레이비소스~~

그르릉소스

~~껍질 콩 볶음~~

컹컹 볶음

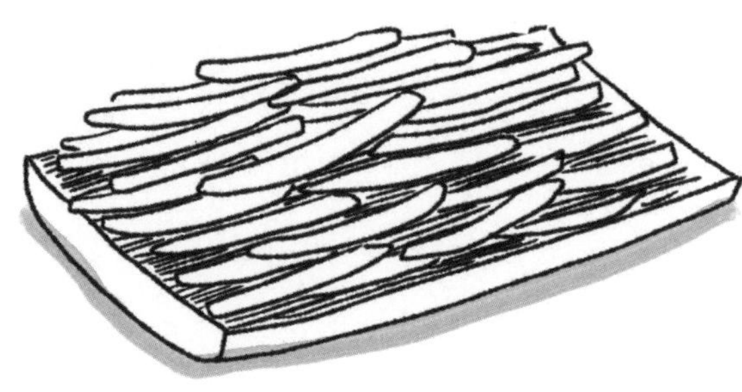

~~크랜베리소스~~

크르릉메리소스

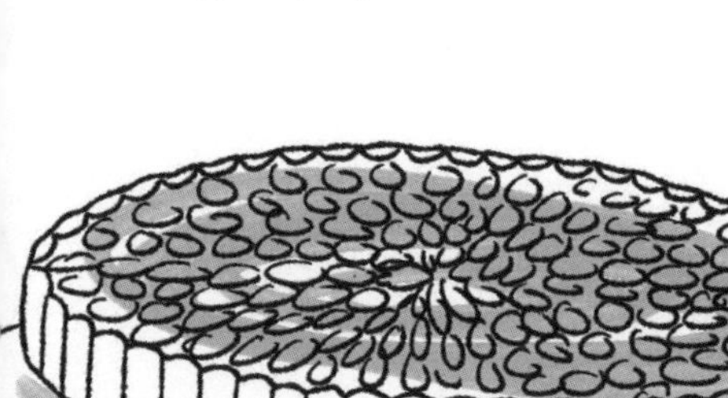

~~피칸파이~~

핑핑파이

다 엄망이 요리한 거야!

이제 우리가 기다리는 건 마지막을 장식할 단 한 가지 요리! 컹왕짱 거대한 벌거숭이 새 구이지! 식탁에 오르면 **굉장할 거야!**

같은 날 오후 2시 16분

어라? 안 돼, 안 돼, 안 돼, 안 돼, 안 돼! 엄망이 그 새를 뜨거운 불 상자에서 막 꺼냈을 때, 나는 뭔가 잘못됐다는 것을 벌써 냄새로 알아차릴 수 있었어. 내 코로 말할 것 같으면, 내 반려 인간들 코보다 훨씬, 훠얼씬 더 강력한 개코 아니겠어. 인간들은 아직 눈치 못 챈 것 같지만, 나는 분명히 구운 음식에서 풍겨 나오는 희미한 플라스틱 냄새, 괴상하고 기분 나쁜 냄새를 맡았다고. 뭔가가 나한테 이렇게 말하는 것 같았어.

조조의 오싹한 작은 인간들을 벌거숭이 새 뱃속으로 집어넣는 일은 하지 말았어야 했다고.

나는 그냥 입을 다물 작정이야. 아무도 눈치 못 채기를 바라는 수밖에…….

오후 4시

아무도 모르기를 바란 건 욕심이었나 봐, 털 없는 친구야!

"잘 먹겠습니다!"라는 말이 울려 퍼지고 난 다음 나는 알았지……

내가 치치감사절을 망치고 말았다는 걸!
이게 무슨 냄새야?
천연덕스럽게
휘파람 부는 중
플라스틱
타는 냄새!
우웨액!

짜잔!
어머나, 세상에!

같은 날 오후 5시 26분

아아, 끔찍했어, 인간 친구야. 내 견생에 이렇게까지 망했다는 느낌은 처음이었어.

엄망은 칠면조 안에서 녹아내린 오싹한 플라스틱 인간을 발견하고는 화가 머리끝까지 났어. 엄망은 입으로 불꽃을 내뿜을 것 같았고 작은 주황색 채소처럼 폭발할 것만 같아 보였어!

대체
이거 뭐야?!

엎친 데 덮친 격으로, 엄망은 조조를 혼내더니 치치감사절 음식을 한 입도 주지 않고 잠자는 방으로 쫓아냈어. 나는 다 내 잘못이라고 열심히 설명했어. 진짜야. 하지만 내 반려 인간들은 멍멍어를 잘 이해하지 못해서 내가 뭘 잘못 먹어서 이상해진 게 아닌가 하는 표정으로 나를 물끄러미 보고만 있더라고.

나는 치치감사절을 망칠 생각이 전혀 없었고, 내가 조조를 그다지 좋아하지 않지만 곤경에 빠뜨리고 싶지는 않았다고.

오후 7시 14분

그래, 털 없는 친구. 나는 그림 상자 방에 있는 폭신폭신 말랑말랑 의자 뒤에 납작 엎드려 있어.

엄망은 결국 피자를 배달시켰어. 그 거대한 벌거숭이 새한테 그토록 정성을 들였는데, 음식을 배달시키고 말았으니 엄망 기분은 더 안 좋아졌지.

하지만…… 내 생각에는…… 나쁘기만 하진 않았던 것 같아……. 러프는 엄망을 구슬려서 트리플 치즈 듬뿍 피자랑 가장자리를 특별히 바삭하게 구운 핫도그 피자를 주문하도록 했거든. **우리가 가장 좋아하는 거야!**

할멍은 저녁 내내 불평을 늘어놓긴 했어…….

엄망은 속이 너무 상한 나머지, 피자를 한 조각도 먹지 않겠다고 했어. 하지만 러프와 나는 **남부럽지 않게 아주 성대한** 치치감사절 식사를 하게 되었지.

절대로 하면 안 되는 행동이었는데도, 내가 한밤에 규칙을 어기고 식량 방에 몰래 들어가서……. 조조의 오싹한 작은 인간을(이것도 내가 가져가면 안 되는 거였지) 거대한 벌거숭이 새 뱃속에 집어넣고……. 결국에는 음식 전체를 플라스틱 탄 맛으로 만들어 버렸다고 해도 결코 지나친 말이 아닐 거야……. 하지만 실제로는 내가 멍절을 더욱 즐겁게 만든 건 아닐까?

당연히 내 말이 맞아!

내 능숙한 도움이 없었더라면, 트리플 치즈 듬뿍 피자랑 가장자리를 특별히 바삭하게 구운 핫도그 피자를 치치감사절에 먹을 수가 없었을 거잖아……. 피자만 있다면 뭐든 다 괜찮지. 헤헤!

그래. 내가 진지하게 생각해 봤는데, 아무래도 내 덕에 오늘 아주 멋진 날이 되었던 것 같아.

오늘 밤에는 잠이 솔솔 올 것 같아, 인간 친구야. 그런데 새 이빨은 언제 주는 걸까. 그것만 알 수 있으면 좋겠는데 말이지…….

토요일 오전 10시 20분

음……. 인간 친구야, 치치감사절을 잘 넘겼다고 생각했는데, 어쩌면 내 생각이 틀렸나 봐.

무슨 뜻이냐 하면…… 나는 분명히 치치감사절을 아주 잘 넘긴 게 틀림없다고 생각하거든……. 하지만 엄망은 가족 식사 자리가 엉망이 되어서 여전히 엄청 화가 나 있어. 조조는 그게 내 잘못이란 걸 잘 아는 눈치야. 그래, 조조는 당연히 알겠지!

조조는 눈이 마주칠 때마다 나를 째려봐……. 그리고……음……. 사실 조조는 내가 거대한 벌거숭이 새를 못 먹게 만들어 놓기 훨씬 전부터 나를 째려보곤 했기 때문에, 그런 모습은 그다지 신경 쓰이지 않았거든. 하지만 이제 조조는 이를 악물고서 계속 나쁜 말을 중얼거려. 나 같은 강아지는 절대로 듣고 싶지 않은 말이야. 특히나 자기 가족 가운데 누군가가 그런 말을 한다면 더욱더.

정말로 그런다니까. 그림 상자 방에서 나를 발견할 때마다, 러프가 잠자는 방 문 앞을 지나다가 내가 침대에서 쉬고 있는 모습을 볼 때마다 조조는 얼굴을 잔뜩 찌푸리고 씩씩거리면서 이렇게 말해…….

나쁜 개!

으앙! 세상에서 가장 험악하고, 무시무시하고, 불쾌한 말이야. 누군가 그런 말을 크게 내뱉을 때마다 내 등뼈가 요동치고 뱃속이 울렁거려. 내가 과학 숙제를 뒷마당에 묻어서 조조가 낙제점을 받았을 때보다 더 심한 죄책감이 들어. 맞아, 그때 정말 겁이 나서 꼬리가 축 늘어졌는데, 이번에는 훨씬 더 기분이 안 좋네…….

오해는 하지 마. 조조가 했던 말 자체가 무서운 게 아니야. 그 말이 담고 있는 뜻이, 그리고 그 말이 가져올 수 있는 결과가 우리 멍멍이들을 겁에 질리게 해. '나쁜 개!'라는 말은 이제 더 이상 간식을 주지 않겠다는 뜻이야. 배를 문질러 주지도 않겠다는 소리야. 강아지 공원에서 함께 던지기 놀이도 하지 않고, 편안한 잠자리도 마련해 주지 않고……. 그리고…… 그리고…… 결국에는 **강아지 감옥으로** 곧장 돌려보내서 다시는 바깥으로 나오지 못하게 만들 수도 있다는 뜻이거든.

흐윽! 내 입으로 직접 말하려니 너무 힘들다!

조조가 나를 그렇게 보는 걸 견딜 수가 없어. 나…… 나쁘…… 나쁘은…… 아, 내가 무슨 말을 하려는 건지 너도 잘 알지.

하지만 트리플 치즈 듬뿍 피자랑 가장자리를 특별히 바삭하게 구운 핫도그 피자를 먹든 못 먹든 간에, 이 멍절 연휴에 더 이상 안 좋은 일이 일어나도록 해선 안 되겠어.

나는 지난 며칠간 물방울이 뚝뚝 떨어지는 상자에 숨어 있으면서, 강쥐도리언 가족에게 가장 멋진 개리스마스를 선사할 **겁왕짱 멋진** 계획을 세웠어. 내가 뭘 결심했냐면…….

나, 주니어 강쥐도리언은 이제부터 힐스 빌리지 역사상 최고로 착한 개가 될 것을 엄숙히 맹세합니다. 나는 응석받이 푸들 프린세스보다 훨씬 더 예의 바르게 행동하겠습니다. 내가 가진 바삭바삭 멍멍이 과자를 모두와 나누어서, 반려 인간들이 그 어느 때보다 바삭바삭하고 즐겁게 지내도록 하겠습니다. 멍절 노래를 신나게 불러 대고 러프, 조조, 할멍, 엄망이 장난감 원반을 입에 문 프렌치불독보다 행복해질 수 있도록 컹왕짱 열심히 노력할 것입니다.
주니어를 ★대통령★으로
주니어에게 한 표를
주니어에게 한 표를

오전 11시

휴! 털 없는 친구야, 기분이 한결 나아졌어. 앞으로 이 맹세를 단단히 기억해 둔다면, 멍절 기분을 망치지 않는 건 물론이고 이번 멍절을 두고두고 기억에 남을 만한 것으로 만들 수 있을 거야. 그렇게 한다면 그 누구도 두 번 다시 나를 '나쁜 개'라고 생각하지 않겠지.

오후 1시 21분

우헤헤! 우헤헤! 우헤헤헤! 인간 친구야, 이제 내 걱정은 그만해도 돼. 방금 내게 무슨 일이 벌어졌는지 말해 줘도 못 믿을걸?

엄마이 시내에 있는 슈퍼마켓에 장을 보러 가야 하는데, 나도 산책할 겸 같이 가도 된다는 거야. **야호! 야호! 야호호!**

나는 엄망을 산책에 데려가는 걸 늘 좋아해. 러프랑 같이 가는 것만큼 재미있다고 할 수는 없지만, 엄망이랑 가는 재미가 또 있지.

바퀴 달린 이상한 쇠창살을 끌고 다니는 다른 손님들한테 짖지 않고 참을성 있게 밖에서 기다리면, 엄망이 고기 파는 곳에서 닭고기를 사서 나한테 한 조각 주거든.

그리고, 그게 다가 아니야!

엄망은 운동하는 걸 정말 좋아해서, 집으로 돌아올 때는 항상 먼 길로 돌아오는데, 그게 무슨 뜻이냐면…….

히히, 두구두구 두둥둥, 기대하시라……! 오는 길에 멋쟁이 멍멍이 가게에 들르게 된다는 거지!! 힐스 빌리지 마을을 통틀어서 내가 가장 좋아하는 곳 중에 하나야. 만약에 내가 아주아주 얌전하게 굴고, 산책하면서 목줄을 잡아당기지 않으면 가게에 들러서 여유롭게 코를 킁킁거리면서 둘러볼 수 있어.

너도 거기에 가서 냄새를 맡아 볼 수 있으면 좋겠다, 인간 친구야. 그 가게의 커다란 초록색 문 뒤로는 강아지 천국이 펼쳐져 있어. 난생처음 보는 신기한 것들이 가득할걸. 멍멍이들이 꿈에 그리는 곳이랄까. **진정한 강아지 천국이지!**

가게 안으로 들어가면 너무 신이 나서 놀이터에 온 강아지처럼 깡충거리고 낑낑거리면서 흥분에 휩싸일 수밖에 없어. 좀 품위 없어 보이긴 하지만 어쩔 수가 없어. 털 없는 친구, 너도 가 보면 나랑 똑같은 마음일 거야. 분명히 그럴 거라고 확신해.

멋쟁이 멍멍이 가게는 맛있는 간식과 과자, 장난감, 담요, 침대, 공 등등 멍멍이가 갖고 싶어하는 것들로 온통 가득 차 있는 곳이야.

하지만…… 이번에는 훨씬 더 근사해졌더라고! 엄망이랑 산책하면서 내가 가장 좋아하는 가게 안에 들어갈 수 있어 기뻤지만 그것보다 더, 최고로 좋았던 건 내가 그 멋진 장소에서 보았던 거야. 오늘은 말이야, 평소처럼 환상적인 볼거리, 냄새 맡을 수 있는 것들, 장난감들도 있었지만 멋쟁이 멍멍이 가게 전체가 완전히 딴판으로 꾸며져 있었거든.

너무 놀라서 하마터면 눈알이 튀어나올 뻔했어. 고개를 돌리는 곳마다 반짝이는 불빛들이 가득하고, 선반에는 축제 분위기를 돋우는 빨간색과 흰색 막대기가 매달려 있었어.

딸랑딸랑 종소리 같은 음악이 크게 울려 퍼지고, 가게 주인장은 우스꽝스러운 옷을 입고 뾰족한 귀가 달린 모자를 쓰고 있었지!

그건 내가 여태껏 이 멍멍이 눈으로 봐 온 것 중에 가장 흥겨운 광경이었어, 진짜로!

바삭바삭
멍멍이 과자
쫄깃쫄깃
수제 육포
수제 육포
수제 육포
수제 육포
똥삽

장난감 공
자동 발사기
최고급
살코기 통조림
해피 크리스마스

이 놀라운 광경에 엄망은 나처럼 헉 소리를 내고는 구경하려고 서둘러 가게 안으로 들어갔어.

나는 밧줄을 꼬아 만든 장난감 무더기에서 잠깐 냄새를 맡았는데, 내 멍멍이 친구인 오딘과 디에고가 자기 반려 인간이랑 같이 가게 뒤편에 있더라고…….

헤헤! 다들 가게 주인장처럼 바보스러운 옷을 입고 있더라. 오딘은 거대한 호랑가시나무 가지를 양쪽에 매단 뜨개 스웨터를 입고 있었고, 디에고는 끄트머리에 방울이 대롱거리는 작은 모자를 쓰고 치와와 발 크기에 맞춰 만든 털 장화까지 신고 있었어. **와, 너무 웃기잖아!**

남은 한 해 동안 별다른 일이 안 일어난다고 해도, 내 멍멍이 친구들이 이렇게까지 차려입은 덕택에 **기억에 남을 멍절 기간**이 될 것 같아! **헤헤!**

아니, 다들
뭘 입은 거야?!?
아, 따끔거려!
나 좀 도와주라,
친구야!

오후 2시 17분

아, 어떡하지. 내 입이 방정이었어! 이건 정말이지, 너무 끔찍한데!

내가 멍멍이 친구들이 우스꽝스런 옷을 입은 모습을 보면서 깔깔 웃는 동안 엄망이 친구들의 반려 인간들과 똑같은 생각을 했나 봐. 나한테 입히려고 옷걸이에 걸려 있던 옷들을 집어 들지 뭐야.

아아아아아아아아아악!

그러지 마, 주니어! 너, 착한 개가 되겠다고 맹세했잖아. **착하디착한 개가!**

마음의 준비를 하자, 털 없는 친구야. 아무래도 옷을 사야 할 것 같다…….

오후 2시 23분

내 꼴을 좀 봐!

아으, 너무 치욕적이야! 솔직히 말해서, 우리가 그렇게 친한 사이가 아니었다면, 너한테 이런 꼴을 보이는 게 엄청 당황스러웠을 거야. 있잖아, 내가 이 끔찍한 옷을 입었다는 사실을 비밀에 부쳐 주기만 한다면, 러프의 운동화에 감춰 놨던 맛있는 개껌을 나눠 줄게.

어때?

헤헤! 좋았어!

오후 2시 46분

엄망과 나는 이제 강쥐도리언 개집에 거의 다 왔어. 내가 방금 우리 동네에서 마주한 기가 막힌 광경을 이야기하면 그것도 아마 믿기지 않을걸.

멋쟁이 멍멍이 가게에서 난리법석을 치른 뒤라서, 오늘 오후에 이보다 더 큰 일이 있을 거라고는 정말 생각지도 않았거든. 그런데 힐스 빌리지 전체가 앞으로 다가올 **가장 큰 멍절**을 준비 중인 것 같더라고. 틀림없어, 친구야. 곧 있으면 개리스마스가 시작될 것 같아.

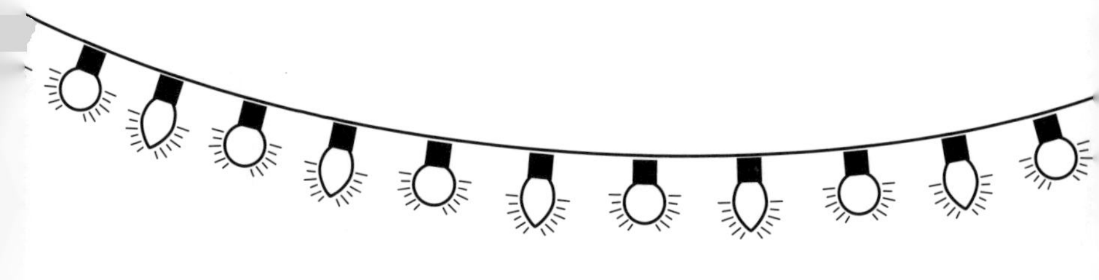

건너편에 사는 해거티 씨와 아내는 현관 밖으로 나와서 색색깔 전등을 줄줄이 집에 매달고 있었어…….

그리고 헤인리 씨네 가족은 앞마당에 울퉁불퉁한 뿔이 달린 괴상한 동물들 모형을 내놓았더라고. 빨간 옷을 입은 덩치 큰 아저씨가 지붕이 없는 이동 상자에 타고 있는데, 뿔 달린 동물들이 그 상자를 끌고서 하늘로 날아오를 듯한 자세를 하고 있었어.

그 아저씨에 대해 전에 들은 적이 있어, 친구야. 인상 좋은 빨간 옷 아저씨 말이야. 쭈글쭈글 할머니가 힐스 빌리지 유기견 보호소에 있을 때 얘기해 준 적이 있어. 만약 내 기억이 맞다면, 그 아저씨 이름은 산타개로스이고, 저 위쪽 어딘가 '극' 자가 들어가는 동네에 산다고 했어.

잊지 말고 기억할 것

산타개로스에 대해 더 알아보기. 쭈글쭈글 할머니가 이 아저씨에 대해서 했던 말이 전부 다 기억나지는 않지만, 아주아주 즐거운 개리스마스를 보내려면 이 아저씨 역할이 굉장히 중요할 것 같다는 느낌이 듦.

오후 9시 32분

거봐, 내가 뭐라 그랬어, 친구야! 산타개로스를 눈여겨봐야 될 것 같다고 했지!

저녁 식사 시간에…… 엄망, 러프, 조조는 스파개띠인가 뭔가에다가 아무 맛도 없는 채소들을 올려서 먹고 있었어. 음식 이름이 **스파개띠가 뭐람!** …… 나는 **방울방울 멍멍이 시리얼**을 큰 대접으로 한가득 먹었지. 멍멍이 식사 중에서 내가 가장 좋아하는 메뉴야!

아무튼! 먹을 수 있는 만큼 실컷 먹은 뒤에, 러프와 나는 그림 상자 방으로 가서 재미있어 보이는 영화를 보았어. 편하게 앉아서 <개리스마스 전날 밤>이라는 만화 영화 같은 걸 봤지. **오오,** 거기서 배운 게 엄청 많아.

개리스마스 이브, 그러니까 전날 밤에는 산타개로스가 온 세상을 돌아다닌대……. **온 세상?** 그 말은 힐스 빌리지가 아닌 모든 곳을 말하는 거야. 아니, 그런 곳이 세상에 있는지도 몰랐는데! 그 아저씨는 온 세상 곳곳의 마을과 개집을 다 들러서, 선물을 방방마다 놔두고 간대. 개리스마스 날 아침에 일어나면 선물이 눈앞에 있는 거지……. 그리고 말이야, 네가 만약 **나쁜 아이**라면, **'숯'이라는 시커먼 덩어리**를 놔두고 간다고 해. 그게 뭔지는 모르겠지만, 선물이니

까 아마 좋은 거겠지?

착한 아이들한테만 **물어뜯기 좋은 장난감**을 두고 간다는 것도 알게 됐어. 음, 바로 그거야, 인간 친구야. 이제부터 바로 그 중요한 날까지 반드시 맹세를 지켜서 가장 얌전하고 착한 강아지가 되어야겠어.

일요일 오전 11시 16분

털 없는 친구야, 잠깐만 기다려 봐! 분명히 뭔가 엄청 재미난 일이 벌어지고 있어. 나는 어젯밤 늦게까지 산타개로스랑 그 아저씨가 가지고 올 멋진 멍멍이 장난감들을 생각하느라 잠이 잘 안 와서 깨어 있었어. 그러다가 조금 늦게서야 잠이 들었지. 그런데 한쪽 눈을 살짝 뜨고서 아침 공기에 스며들어 있는 냄새를 처음 맡은 순간 신나는, 아니 완전 컹왕짱 신나는 일들이 벌어지고 있다는 걸 알아차릴 수 있었어……. 헤헤!

오전 11시 18분

굉장한 일이야! 잠자는 방에서 걸어 나왔더니 조조랑 엄망이 복도 끝 벽장에서 상자들을 한 무더기 끌어내고 있었어. 그 속에 가득 들어차 있는 것은…… 장식품들이었어!

오후 12시

나는 갑자기 오줌이 너무 마려워서 참지 못하고 카펫에다가 쉬야를 하고 말았어. 조조와 러프는 돌돌 말려 있는 반짝이 전구를 풀어 놓느라 정신이 없었고, 엄망은 바퀴 달린 상자를 몰고 나가면서 곧 깜짝 놀랄 일이 있을 거라고 했지…….

오후 12시 11분

내가 생각하기에 세상에서 가장 완벽한 멍멍이가 되어서 엄망이 현관문 앞에 도착하길 기다리고 있었어. 착한 개라면 다들 그러는 거잖아…….

러프와 조조는 반짝이고 지저분한 물건을 풀어 헤치느라 여전히 복도에서 투덜대고 있었어. 하지만 나는 엄망이 대체 뭘 가지러 간 걸까 궁리하느라 바빴지. 어쩌면 거대한 벌거숭이 새를 한 마리 더?

여기 꼼짝 않고 있다 보면 알게 되겠지…….

오후 12시 23분

아직 기다리는 중…….

오후 12시 40분

아직 기다리는 중!

오후 12시 52분

아직도 기다리…… **앗, 잠깐만!** 지금 방금 바퀴 달린 상자가 바깥에 멈춰 서는 소리가 들린 것 같은데?

진정하자……

진정하자……

진정하자…….

내가 얼마나 잘 참았는데! **멍, 멍, 멍, 멍!** 엄망 발소리가 들려. 그리고 현관을 향해 오는 길목에 뭔가 쉬익쉬익 끌려 오는 소리도 들려. 이제 곧 엄망이 안으로 들어오면, 내가 **세상에서 가장 얌전한 강아지**인 걸 보게 될 거고, 그럼 나한테 깜짝 놀랄 만한 역대급으로 멋진 선물을……

흐어어어어
어어어어
어어어억!!
!!!!!

오후 1시 30분

이…… 이…… 이게 대체 무슨 일이지, 털 없는 친구? 나는 소스라치게 놀라서, 내 심장이 갈비뼈 사이를 돌아다니면서 도로롱 도로롱 연주라도 하는 것 같은 기분이었어.

나는 지금 여기 러프의 침대 밑에 안전하게 있어. 하지만 저 바깥 복도에서…… 나…… 나…… 나는 괴물을 봤어. 내 심장을 쿵쿵 뛰게 한 그 녀석에 비하면 무시무시한 부릉부릉 진공청소기가 훨씬 나아 보일 지경이야.

무슨 일이 있었는지 설명해 줄게…….

엄망이 약속했던 깜짝 선물을 기다리면서 나는 엄청나게 얌전히 있었단 말이지……. 그런데…… 엄망이 주머니에서 열쇠를 꺼내 짤그랑거리는 소리가 나고…… 열쇠를 꽂아서 문이 열리는 순간…… 아…… 아…… **뾰족뾰족한 초록색 괴물이 문 틈으로 쑥 들어오더니 나한테 다짜고짜 달려들었어!**

나는 멍멍이답게 엄청난 속도로 후다다닥 달아났어. 아마도 네가 "도망쳐! 저건 악마야!"라고 외치는 속도보다 더 빨랐을 거야. 그러지 않았더라면 나는 지금쯤 잡아먹히고 말았을지도 몰라.

오후 1시 36분

엄망과 러프가 복도에서 깔깔 웃는 소리가 들렸어. 아니, 왜 소리를 지르지도 않고 얼른 달아나서 몸을 숨기지도 않는 거야?

오후 1시 38분

흐음……. 지금 뭔가 잘못된 것 같아. 음악이 나오는 상자에서 개리스마스 음악이 흘러나오기 시작했어. 이 개집의 대장으로서, 내가 나서서 조사를 해야 할 것 같군. 너는 거기에 가만히 있어……

오후 3시

그 괴물이 나무였다고? 인간 친구야, 너는 그게 상상이 돼? 나는 복도를 살금살금 기어서, 그림 상자 방 문틈으로 흘끗 들여다보았어. 거기 있더라고. 엄망은 방 구석에 그걸 세워 놓았고, 조조와 러프는 반짝이는 전등이 달린 줄을 돌돌 감아 놓았어.

너희 인간들을 충분히 다 알았다고 생각했는데, 인간들은 정말 온갖 희한한 짓들을 계속하는구나! 개집 안에 나무를 들여놓는다는 소리, 들어 본 적 있어? 나무란 바깥 뒷마당에 있어야지. 그래야 거기에다 오줌도 누고 나뭇가지에 있는 **라쿤**들을 향해서 짖을 수 있잖아.

오후 3시 19분

그래. 이제 알았어. 재미있자고 하는 일인 거. 지금 개리스마스 나무는 작은 전구들로 둘러싸였고, 나는 러프를 도와 장식을 하는 중이야. 러프가 낮은 나뭇가지에 반짝이 공을 달아 대면, 나는 그걸 떼어다가 푹신폭신 말랑말랑 의자 가장자리에다 묻어 놓지.

인간들은 이렇게 멍멍이가 도와줄 때마다 몹시 좋아하더라……. 정말이야…… 그 나무는 엄청 멋져 보여! 나는 여전히 이 나무가 개집 안에서 무슨 역할을 하는지 모르겠지만, 분명히 개리스마스 분위기를 돋워서 나까지 신이 나는 것 같아. **헤헤!**

오후 9시

털 없는 친구야, 내가 이만큼 만족스러웠던 적은 없는 것 같아. 오늘 밤, 엄망은 러프와 조조를 위해 쿠키를 구웠고, 나한테는 쫄깃쫄깃 수제 육포를 대용량으로 사다 주었어. 그리고 우리는 한데 모여 앉아서, 개리스마스를 좋아하지 않는 우스꽝스러운 목소리의 투덜이 영감님이 나오는 영화를 봤어. 영감님한테는 우렁 셋이 찾아왔어. 우렁이 뭔지는 나도 잘 몰라……. 그리고 무슨 일이 일어나는지도 잘 모르지만……. 강줘도리언 가족과 함께 포근한 곳에 웅크리고 앉아 있는 건 **꼬리가 저절로 살랑살랑댈** 만큼 즐거운 일이었지.

내가 처음으로 맞이하는 멍절 기간인데……. 어째 (생각지도 못한 일들 때문에) 갈수록 태산인 것 같은 느낌이야. 후유…….

월요일 오전 7시

꼼짝 말고 있어 봐, 인간 친구야!

내…… 내…… 내가 대체 얼마나 더 충격을 받아야 하는 건지 모르겠어! 개리스마스인지 뭔지는 정말 깜짝 놀랄 것들로 가득하구나.

지난밤, 영화를 다 보고 나서 자려고 러프의 침대 끄트머리에 누웠을 때만 해도, 모든 게 완벽하게 정상으로 돌아오는 것 같았어. 그래……. 강쥐도리언 개집에서 늘 그랬던 것처럼 말이야.

하지만 이제…… 모든 게…… 모든 게…… 사라져 버렸어! 바깥에 있던 모든 것들이 말이야! **다 사라지고 말았다고!**

내 똑똑한 멍멍이 두뇌가 뒤죽박죽이 되어 버린 것 같지? 아니면 내가 잠들기 전에 바삭바삭 멍멍이 과자를 너무 많이 먹어서 지금 악몽을 꾸고 있는 건가. 하지만 나는 지금 깨어 있고 절대적으로 진실만을 말하고 있단 말이야. **멍멍이의 명예를 걸고 약속해!**

무슨 일인지 설명해 줄게…….

어젯밤 침대로 가기 바로 전에, 나는 잠시 쉬야와 응가를 하고 우리 담장 위로 무단 침입하는 이웃집 고양이한테 한번 짖어 주려고 밖으로 나갔어.

아무튼…… 전에 내가 얘기했듯이, 나뭇잎이 주황색으로 변하고 나무들이 벌거숭이가 된 것 같은 희한한 일들이 벌어지긴 하지만, 뒷마당의 모든 것은 변함없이 같은 자리에 있었어.

하지만……

나와 러프가 오늘 아침에 일어나 추릅 추릅 추릅 맛있는 식사를 하러 식량 방으로 향하는데, 바로 그때 내가 그걸 발견한 거야! 창문 밖의 온 세상이 **새하얗게** 변해 있는 광경을!

그냥 흰색이 아닌, 눈부시게 새하얀 색이었어! 마치 도둑이 와서 힐스 빌리지 사람들이 잠들어 있는 동안 모든 걸 가지고 도망친 것만 같았어.

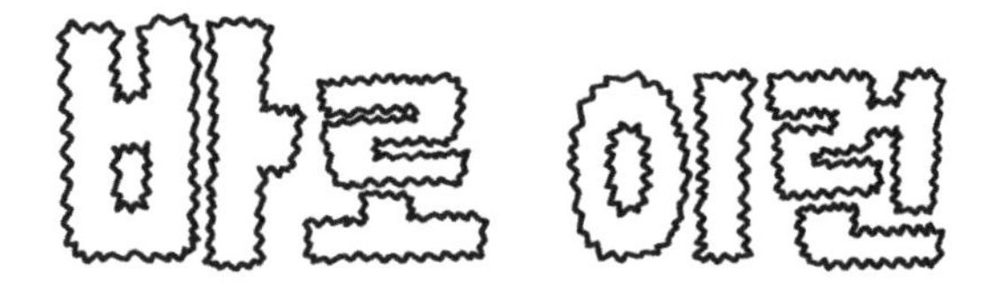
바로 이런

모습으로 말이야!

오전 8시

나는 반려 인간들이 때때로 이해가 잘 안 돼, 털 없는 친구야. 엄망과 조조도 지금 깨어 있고, 두 사람 다 온 세상이 사라진 것에 **엄청 흥분해 있어.** 내가 맹세하는데 말이지, 두 사람한테 꼬리가 달려 있다면 미친 듯이 흔들어 대는 바람에 가구들을 찰싹찰싹 밀쳐 내서 방 건너편으로 절반쯤 옮겨 놨을지도 몰라. 그 정도로 몹시 행복해 보이더라고.

참 나! 학교도 사라져 버렸을 텐데 어떻게 학교에 간다는 거야? **학교 자체가 없다고!**

가끔은 강쥐도리언 개집을 통틀어서 나만 머리가 잘 돌아가는 것 같아서 걱정이야. 진짜로!

문제는, 러프도 마찬가지로 이상하게 행동한다는 거야. 그림 상자 방 커튼을 열어젖혔더니…… 아무것도 없었지……. **아무것도!**

"이야, 굉장하다!"

러프가 소리를 질렀어.

굉장하다고? 나는 내 반려 인간이 혹시 정신이 나간 게 아닌가 싶은 눈으로 바라보았지만, 러프는 내 눈길에는 신경도 쓰지 않고 다른 쪽 창문을 향해 달려 나갔어.

"12월에 접어든 지 며칠 지나지도 않았는데 이런 광경을 보다니. 정말 아름답다!"

엄망도 거들었어.

아름다워? 세상이 사라졌는데?!

"학교 안 간다!"

조조는 자기 방으로 뛰어 들어가며 외쳤어. 조조는 손에 말하는 작은 상자를 들고 있었어.

"내가 방금 확인했어. 지금 상황으로 보면 이번 주 내내 학교가 문 닫을 거라는데!"

심장이 요동치는 게 느껴졌어. 내가 개리스마스 나무랑 **거대한 벌거숭이 새**에 대해 너무 예민하게 반응했다는 걸 알아. 하지만 이건 정말 나한테 수수께끼 같아. 자고 일어났더니 온 세상이 감쪽같이 사라졌는데 대체 뭐가 굉장하고 아름다울 수 있는 거야?

오전 8시 54분

러프와 조조는 코트를 입고 장화를 신고 있어. 아니 지금…… 밖으로 나가려는 거야?!

오전 9시 3분

아아아! 잘 있어, 털 없는 친구야. 이런 말을 해야 한다는 사실을 믿을 수가 없지만……. 하지만…… 러프는 엄망이 나한테 사 주었던 그 괴상한 모자를 내 머리에 씌우더니, 내 목에 산책 줄을 두르고 급기야 현관문 쪽으로 나를 끌고 가려고 했어.

아니 왜?!? 내 반려 인간은 진짜 진짜 진짜 착한 멍멍이 친구를 거대하고 하얗고 아무것도 없는 곳으로 끌고 가려는 거지? 저기로 한번 나가면 빠져나올 방법이 없단 말이야.

안녕,
이 잔인한 세상아!

오전 9시 6분

음……. 그래, 주니어. 진정하자……. 춥고…… 내 앞에 놓인 길은 차갑고 보슬보슬한 느낌이야. 바닥이 차갑고 보슬보슬하다고 느낀다면, 난 분명히 죽지는 않은 거지! 공기 중에는 작고 하얀 것들이 가득 차 있고……. 앗…… 내 코에 내려앉고 있군……. 내가 걸어갈 때마다 앞발은 자국을 남기고 있어……. 러프는 내 이름을 부르면서 웃고 있고……. 내 생각에…… 내 생각에 이건 어쩌면……

놀랍고 신기한 일이야!

오전 9시 10분

이 하얀 것들을 뭐라고 부르는지 모르겠어, 인간 친구. 하지만 내 생각에 이건 세상에서 가장 신나고, 컹왕짱 멋지고, 신기방기하고, 꼬리가 저절로 흔들릴 만한 것 같아! 여태까지의 견생에서 이런 경험은 정말 처음이야!

잊지 말고 기억할 것

'개리스마스'라는 멍절이 다가오니 무섭고 다들 제정신이 아닌 것 같지만, 왠지 더할 나위 없이 멋진 일로 마무리될 것 같은 예감!

오전 9시 34분

아마 오늘 아침만큼 좋을 수는 없을 거야! 온 동네 사람들과 개들이 다 길거리로 뛰쳐나왔고, 우리 모두는 이 차갑고 보슬보슬한 것 사이에서 **성대한 멍멍 축제**를 즐기고 있거든.

내 진짜 진짜 진짜 절친들이 모두 여기 모였어. 제대로 소개시켜 줄게…….

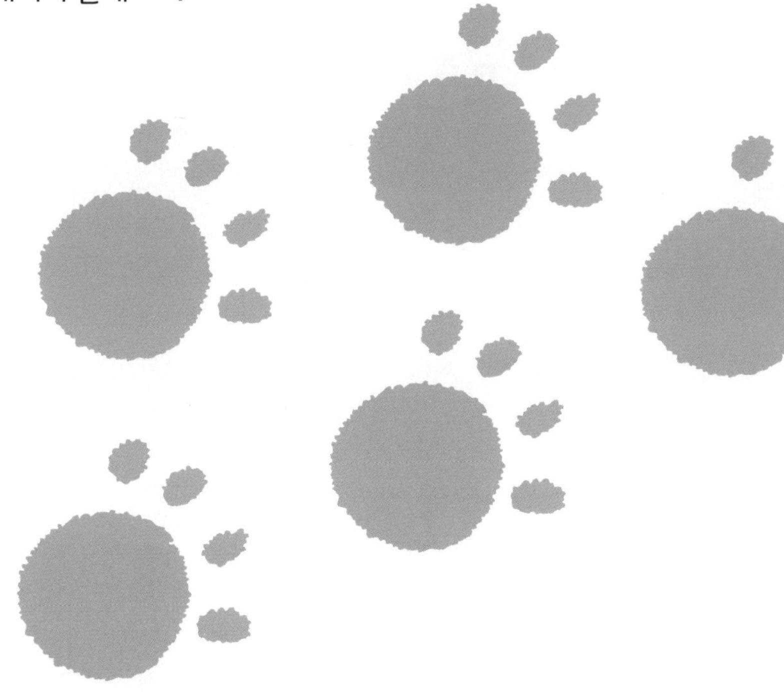

베티

헤헤! 우리 반려 인간들이 전부 멋쟁이 멍멍이 가게에 들러서 우리한테 축제용 옷을 사 주었던 거구나! 갑자기 내 모자가 그다지 흉해 보이지 않네…….

오후 3시

인간 친구야, 정말 즐거운 하루였어. 전에 라쿤을 발견하고 엄망이 뒷마당 빨랫줄에 널어 놓은 빨랫감들 사이로 몸을 감추면서 쫓아가 덮친 이후로 이렇게까지 즐거웠던 적은 없는 것 같아. 그날도 참 재미있었는데……. 굉장한 날이었지……. 하지만 오늘은 그때보다 훨씬 재미있었어!

반려 인간들은 모두가 길 끝으로 달려 나가서 서로에게 눈으로 만든 공을 던졌어. 아, 맞다. 내가 궁금해하던 것의 이름이 바로 '눈'이래! 롤라의 반려 인간이 얘기하는 걸 들었거든. 내가 인간어를 얼마나 잘 이해하는지 알지?

어쨌거나…… 다들 눈 공 던지기를 하러 간 동안, 나와 친구들은 **개신나는 하루**를 보냈어. 온갖 종류의 멍멍이 놀이를 하면서 말이지.

우리는 마치 강아지 시절로 돌아간 듯이 차고 보슬보슬 한 것 위로 구르고 기고 몸을 던지며 놀았어.

징기스와 롤라는 예술가처럼 멋진 작품을 선보였어…….

우리는 모두 열심히 손을 놀려서 견생처음 눈 멍멍이를 만들었어…….

그리고 베티는 **컹왕짱 웃기는** 농담을 더 많이 들려주면서 우리를 즐겁게 했어.

눈이 녹으면
뭐가 되게?
눈물!
눈멍멍이 만들기
좋은 시간은 언제?
애프터눈.
눈사람의 반대말은?
(일어)선 사람.
아이스크림이 교통사고를
당했는데 그 이유는?
차가 와서.

아, 정말 재미있었어!

다음 주 월요일 오전 10시 22분

안녕! 보고 싶었어, 인간 친구야. 벌써 한 주가 훌쩍 지났다니 믿을 수가 없네! 나는 일기를 매일매일 쓰고 싶었지만, 너무너무 바빴어. 믿지 못하겠지만, 정말이라고!

지난번에 얘기한 뒤로, 눈은 그치지 않고 계속 내렸어. 이번 눈은 힐스 빌리지 사람들이 여태껏 봤던 것 중에 가장 거센 **눈 폭풍**(며칠 전에 새로 배운 말이야)이었대. 지난밤에도 눈이 엄청 많이 오는 바람에, 엄망과 러프는 눈을 파내서 대문 앞으로 길을 내야만 했어.

세상에, 말도 안 되지!

그림 상자 방 창문에서 보이는 건 눈이 쌓여서 만들어진 선 위로 잠깐 나타났다가 금세 사라지는 두 사람의 머리뿐이었어.

힐스 빌리지 학교는 눈이 내리기 시작한 날부터 지금까지 문을 닫았고, 개리스마스가 한참 지난 뒤까지도 상황은 변하지 않을 것 같아. 그래서 나는 마치 먹다 남은 음식을 한 상 받은 것처럼 행복했어. 러프랑 날마다 함께 지낼 수 있었거든. 우리는 멍멍이와 반려 인간이 할 수 있는 가장 멋진 모험을 내내 즐겼지.

어디 보자, 그중 가장 재미있었던 걸 얘기해 줄게.

슈퍼마켓 뒤편 언덕을 썰매 타고 내려오기도 했고…….

마을 '스캐이트장'(뭔지는 모르겠지만) 얼음 위에서 놀기도 했고…….

아이오나 스트라이커 여사님과 응석받이 푸들 프린세스가 사는 집에 몰래 들어갈 기회까지 있었어. 앞마당에 쌓인 눈 위에다 노란색 자국을 좀 남기고 왔지. 무슨 뜻인지 알지? **헤헤!**

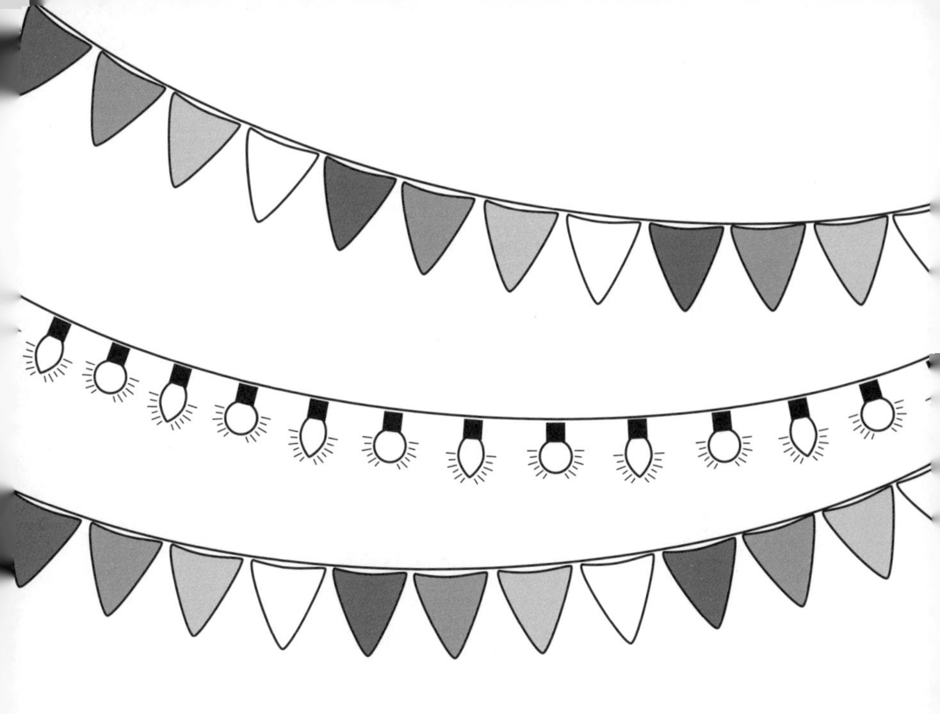

정말 굉장했어! 하지만 더욱더 재미있는 일이 아직 남았어, 털 없는 친구야. 진짜로!

오늘 밤 우리는 개리스마스 개럴을 부르러 나가. 개럴이 대체 누구 이름이고, 왜 우리가 불러 줘야 하는지 모르겠지만. 오늘 밤에 하는 일은 굉장히 멋진 일일 거야.

물방울이 뚝뚝 떨어지는 상자 안에서 엄망이 노래 부르는 소리가 얼핏 들려왔어. 나는 그 소리를 완벽하게 외웠지…….

흰 눈 사이로 개썰매 타고
달리는 기분 상쾌도 하다
종이 울려서 멍멍 짖으니
흥겨워서 소리 높여 컹컹컹컹컹
멍 소리 울려라 멍 소리 울려
개썰매 빨리 달려 멍 소리 울려라
멍 소리 울려라 멍 소리 울려
컹컹컹컹 짖으면서 빨리 달리자

인간 친구야, 내가 전에 이야기했는지 모르겠는데, 나는 노래를 기가 막히게 잘해. 진짜야. 나는 오늘 밤 누구보다 뛰어난 실력을 뽐낼 거야. 너는 그냥 지켜봐 주면 돼…….

오후 8시 30분

내가 뭐랬어?!? 내가 아주 **찢었**다니까!

목요일

음, 이게 어떻게 된 일이지!? 나는 오늘 강아지 공원에서 새로운 사실들을 잔뜩 배웠어. 모든 인간이 치치감사절과 개리스마스 멍절 연휴를 똑같이 보내지는 않는다는 거야.

베티의 반려 인간은 또 다른 멍절을 기념한대……. 유대인 멍절 '하누카'라고 하더라고!

롤라의 반려 인간은 또 다른 멍절을 다 같이 기념한대!

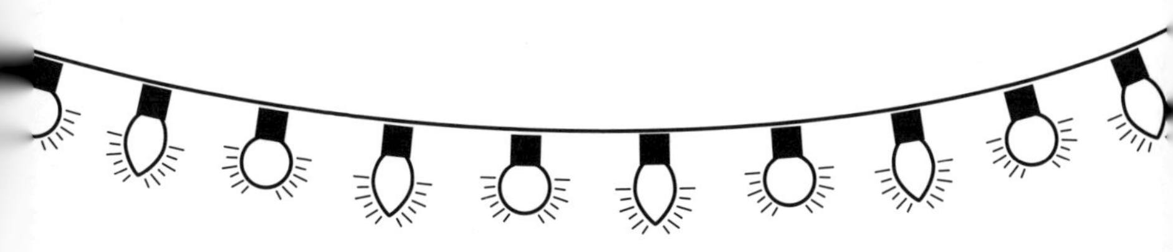

'콴자'라는 명절이래!

콴자가 뭔지 잘은 모르지만, 롤라 말로는 아프리카계 미국인들의 명절이고, 역시나 아주 많은 음식들을 다 함께 차려 먹는다고 해. 듣기만 해도 꼬리가 살랑살랑거릴 것 같은 날이야.

금요일

오늘 나는 뒷마당에 나갔다가 식량 방 창틀 아래에서 씹으면 **엄청 기분 좋은 장난감**을 새로 발견했어. 차갑고, 바삭거리고, 뾰족하고, 한 입 베어 물었더니 컹왕짱 신나더라고! 나는 그걸 **개드름**이라고 부르기로 했어!

토요일 오후 2시

오늘 엄망과 러프, 조조가 모두 선물을 사러 나갔어. 나는 롤라, 베티와 함께 징기스네 개집에 와 있어. 진짜 희한하다, 인간 친구야. 집들마다 이렇게 서로 다를 수가 있다는 걸 정말 몰랐어.

징기스의 개집은 강쥐도리언 개집이랑은 완전 딴판이야. 엄청 커다랗고, 온갖 곳에서 레몬 세제 냄새가 나. 징기스의 반려 인간도 역시나 엄청 재미있어.

징기스의 반려 인간은 우리가 가는 곳마다 빗자루와 먼지떨이와 분무기를 바리바리 싸 들고 쫓아왔어. 우리 엄망은 그런 물건을 싱크대 아래에 보관해 두는데 말이지. 징기스의 반려 인간은 청소를 진짜 진짜 좋아하나 봐!

세상에 정리 정돈을 좋아하는 사람도 있다니!

어지르는 게 얼마나 재미있는데!

오후 2시 37분

오, 맙소사! 인간 친구야, 개리스마스 전까지 더 이상 무서운 일은 벌어지지 않을 줄 알았는데, 방금 들은 이야기에 내 목덜미 털이 쭈뼛 곤두섰어. 너무 무서워서, 아무래도 좀 누워 있어야겠어.

내가 방금 알아낸 걸 얘기해 줄게. 하지만 너는 꼭 씩씩해야만 해!

만약에 네가 결벽증이 있거나, 짜증이 많거나, 너무 무서울 때 바지에 오줌을 싸는 친구라면 절대로 이 페이지를 넘기지 마!

잘했어, 털 없는 친구. 너는 확실히 아주 용감하구나.

좋아. 방금 들은 걸 이야기해 줄게. 침착하게 들어!

징기스의 반려 인간은 우리 멍멍이들을 따라다니면서 정리 정돈 하는 일에 결국 지쳐 나가떨어지고 말았어. 그러더니 우리를 뒷마당으로 전부 내보냈지. 우리는 거기서 볼일을 봤어. 무슨 말인지 이해하지?

그런데 그 반려 인간이 응가 봉투를 손에 들고서 이렇게 말하더라고…….

처음에는 무슨 말인지 전혀 이해하지 못했는데, 금세 그 의미를 깨달았지. 그 깔끔쟁이 반려 인간이 선물이라고 한 건 바로 **응가……. 응가였던 거야!** '선물'이라는 말에 그런 뜻도 있었구나!

내 머리가 휙휙 빠르게 돌아가기 시작했어. 나는 기억을 더듬어 러프랑 같이 그림 상자 방에서 <개리스마스 전날 밤>을 보던 그날 밤으로 거슬러 올라갔지.

내가 제대로 이해한 거지?! 어서 개리스마스 이브가 되어서 산타개로스가 도착하기만을 간절하게 기다리고 있었는데……. **강쥐도리언 개집 곳곳에 응가를 뿌릴 거라니!**

오후 6시

아무 소용이 없다, 인간 친구야. 나는 몇 시간 전에 집으로 돌아왔고, 가족들에게 내가 알아낸 끔찍한 일을 경고해 주려고 갖은 애를 쓰는 중이야. 하지만 멍멍어를 영 알아듣지 못하더라고.

러프! 으르르릉!
크르르르!
너 무슨 일 있어?
재 괜찮은 거니?
허 참!

말로는 안 되겠어! 내가 얼른 뭐라도 하지 않는다면, 불쌍한 내 반려 인간들은 개리스마스 아침에 눈을 뜨자마자 개집 전체에 냄새 지독한…… **선물**이 잔뜩 쌓여 있는 걸 보게 될 거야!

그런 일이 일어나면 다시는 나를 보고 **"아유, 착해!"** 라고 해 주지 않을 거야. 내 발로 직접 해결해야 해. 위기의 그날까지 일주일도 채 안 남았어. **북쪽 어딘가에서 온다는 응가 대장**이 끔찍한 일을 벌일 거란 말이지.

생각을 하자, 주니어, 생각을!

월요일

아아, 마이크 시험 중! 여기는 비밀 요원 주니어. 응답 바란다.

그래, 털 없는 친구야. 나는 생각하기도 싫은 산타개로스가 우리 집으로 날아와서 개리스마스를 망치지 않도록 이런저런 방법을 생각하고 계획을 세우는 중이야.

롤라의 개집 뒷마당에는 트램폴린이 있어. 그래서 처음에 내가 생각한 것은……

하지만 내가 그걸 지붕 위까지 올릴 방법이 없지.

그다음으로 생각한 것은……

하지만 그만큼 큰 봉투를 어디서 구한담?

어떡하면 좋을까?!? 내가 이 사실을 다 알면서도 막지 못했다는 걸 엄망과 조조가 알기라도 하면, 나는 평생 나쁜 개 소리를 듣고 살아야 할 텐데.

수요일

아무 생각도 안 나! 생각 좀 해 봐, 주니어!

목요일

여전히 아무 생각이 안 나……. 이 동네 **라쿤**들이랑 친구가 되려면 시간이 얼마나 걸리려나. 침입자를 잡아먹도록 훈련시킨 다음, 개리스마스 전날 밤에 라쿤들을 모두 굴뚝 위로 보내서 불청객을 기다리게 하는 거지.

흠……. 아마 엄청 오래 걸리겠지……. 그리고 그 녀석들이 지붕 위로 올라가는 걸 좋아할지도 확실하지 않아…….

금요일

아아아아아악! 이제 시간이 얼마 없어!

토요일

털 없는 친구야, 내가 이런 말을 하게 될 줄은 생각도 못 했어. 하지만 예전에 했던 말은 취소해야겠어. **멍절은 악몽 같아.** 너무 끔찍하다. 낮잠을 자려고 눈을 감을 때마다 나는 사슴들이 끄는 썰매를 탄 악당이 사랑스런 우리 개집에 와서 나쁜 짓을 벌이는 꿈을 꿔. 이건 내가 바라던 개리스마스가 아니라고!

일요일

상황이 더 나빠졌어! 내일이 개리스마스 이브이고, 할멍이 그날 우리 집에 와서 주무실 예정이라는 걸 방금 알게 됐어. 할멍은 그림 상자 방에 있는 폭신폭신 말랑말랑 의자에서 주무실 거야. 할멍이 **똥벼락**을 정통으로 맞는 자리에 있을 거란 말이야!

개리스마스 이브

좋았어, 털 없는 친구야.
나한테 좋은 생각이 떠올랐어!

오늘 밤이 아주 중요해. 아무것도 모르는 불쌍한 반려인간들이 멍절을 망치게 될 텐데 가만히 앉아서 지켜볼 수만은 없지.

나는 산타개로스가 힐스 빌리지에 오는 걸 막을 수는 없을지 모르겠지만, 강쥐도리언 개집에 침입하는 건 분명히 막아 낼 수 있어. 알다시피 **'동에 번쩍 서에 번쩍 슈퍼 멍멍이'**라는 이름은 저절로 붙는 게 아니잖아!

그래, 좋아……. 아무도 그렇게 불러 주지는 않지만, 내가 멍절에 불미스러운 일을 막아 낸 것을 모두가 알게 되면 그때는 그렇게 불러 주겠지.

이제 기다리기만 하면 돼…….

오후 12시 23분

할멍이 리본과 반짝이 종이로 포장한 것들을 손에 가득 들고서 막 도착했어. 요 며칠 사이에 처음으로, 나는 등줄기를 타고 짜릿한 흥분이 지나가는 걸 느꼈어. 내가 악랄한 똥멍청이 악당을 쫓아낼 수만 있다면, 이번 개리스마스는 **진짜 진짜 최고의 개리스마스**가 될 거야.

오후 3시 35분

가족들은 한데 모여 앉아서 색색깔 말을 판자에 돌리는 이상한 놀이를 하고 있어. 세상에나! 딱하기도 해라. 내가 인간들을 이렇게나 사랑한 적이 있던가 싶네……. 심지어 조조까지!

오후 6시

슬슬 좀 지겨워지네……. 정신 차리자!

오후 7시

이건 고문이나 마찬가지야, 인간 친구야. 나는 오늘 밤이 내내 두려웠어. 하지만 지금은 어서 모두 자러 가기만을 초조하게 기다리고 있어. 식구들이 잠들면 우리 개집을 **물 샐 틈 없는 요새**로 만들 거야. 똥싸개가 어슬렁어슬렁 감히 들어오지 못하도록 말이야.

오후 8시

덤벼! 이제 몸이 근질근질해지고 있으니까!

아, 잠깐만. 이거 진짜 벼룩인지도 모르겠네…….

오후 9시

드디어 때가 왔다, 털 없는 친구야. 엄망은 모두 일찌감치 잠자는 방으로 들어가라고 명령했어. 내가 할 일은 러프 옆에 얌전하게 누워서, 러프가 잠들기를 기다렸다가 **응가 방어 작전**을 펼치러 슬그머니 나오는 거야!!

오후 11시 38분

쉬잇! 사람들이 깰 수 있으니까 소리 내지 않도록 조심하자고. 인간 친구야, 바로 지금이야……. 너는 여기 있어. 작전이 다 끝나면 내가 알려 줄 테니까.

개리스마스 오전 0시 27분

저기, 인간 친구야! 아, 미안……. 나 때문에 잠 깼어? 다 끝났어, 털 없는 친구야. 강쥐도리언 개집 곳곳에 덫을 가득 놓았으니, 산타개로스가 이 촘촘한 계획을 빠져나갈 방법은 없지롱. 헤헤!

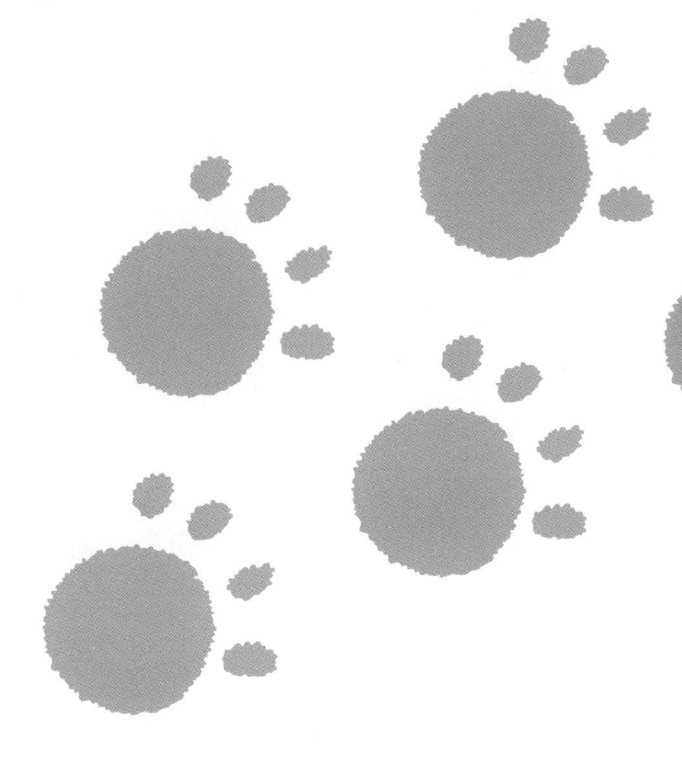

나는 쓰레기통에서 치치감사절에 쓰고 남은 주황색 채소 폭발물(엄청 질척거려)을 잔뜩 찾아냈어. 그걸 전부 할멍 주변에 빙 둘러놓았지. 할멍을 보호해 줄 거야!

나는 조조의 블록 장난감들을 모든 방문 아래에 늘어놓았어. 산타개로스가 그걸 하나라도 밟는다면 발바닥이 화끈거릴 거야.

물방울이 뚝뚝 떨어지는 응가 방에는 수도꼭지를 틀어 놓고 문을 잠갔어. 그 안에 들어갔다가는 흠뻑 젖어서 길거리로 도망 나오게 될 거야. 헤헤!

개리스마스 나무와…… 음…… 웬만한 것들 사이에는 두루마리 휴지로 미로를 만들어 놨어. 분명히 발이 걸려 자빠질 거야!

엄망이 식량 방에 갖다 놓은 작은 초록색 잎채소 한 봉지를 거실에 흐트러뜨려 놓았으니까 완전 미끄러울 거야.

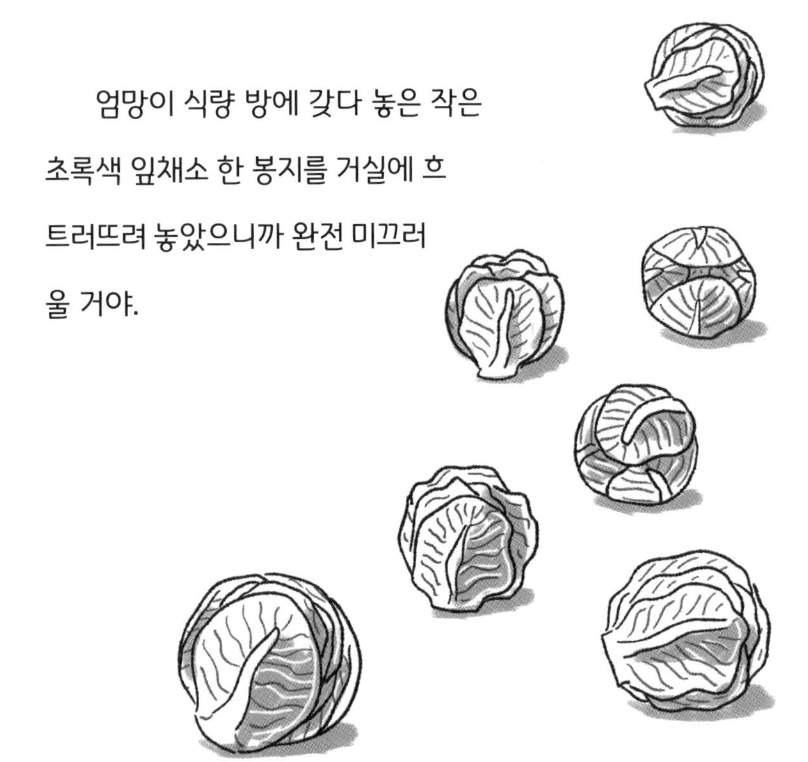

이 정도면 틀림없겠지, 인간 친구야. 내가 두 눈 부릅뜨고 지켜보는 한, 그 누구도 우리 개집에 들어와서 사방에 응가 선물을 남기고 가지 못할 거라고!

이제 조금만 더 기다리면 돼. 내가 산타개로스를 잡은 걸 알게 되면 모두 나를 엄청 자랑스러워할 거야.

오전 1시

기다리고……

오전 1시 23분

기다리……

오전 1시 34분

기다……

오전 1시 35분

쿨쿨쿨쿨쿨……

개리스마스 오전 7시 12분

으아아악! 잠들어 버렸네. 나는 비명 소리에 놀라서 방금 깨어났어. 분명 그 녀석일 거야! 산타개로스가 내가 설치한 덫에 걸려든 게 분명해, 털 없는 친구. 가서 확인해 보자!

오전 8시

다 내가 벌인 짓이야, 인간 친구야!

나는 러프의 잠자는 방으로 달려갔는데, 난리도 그런 난리가 없었어. 할멍, 엄망, 러프, 그리고 조조가 물속에서 허우적거리고 있었어. 주황색 끈적이가 폭발해서 여기저기 붙어 있었지. 초록색 동그란 잎채소 수백 개가 둥둥 떠다니고, 개리스마스 나무는 물에 불어난 두루마리 휴지 구름 사이로 엎어져 있었어.

나는 어슬렁거리는 똥싸개 산타개로스를 찾아내려고 좌우를 둘러보았어. 그런데 말이지. 그 녀석은 아무 데서도 보이지 않았어! 내가 그 망할 똥싸개 녀석을 해치운 건가! 그 말은……

내가 명절을
안전하게
지킨 거야!!

음, 어떻게 생각해?!

도그 다리어리 두 번째 책을 쓰기 시작할 때만 해도, 내가 개리스마스 멍절을 악당의 손에서 구해 내고 강쥐도리언 가족 역사상 가장 잊을 수 없는 멍절로 만들 줄은 상상도 못 했어.

이제 내 할 일은 다 했어, 인간 친구야.

이보다 더 흥겹고 환상적일 수는 없을 거야. 어서 빨리 우리 강쥐도리언 가족과 **즐거운 개리스마스**를 보내야겠어!

다음 날 아침

아, **잠깐만!** 한 가지가 더 남았어, 털 없는 친구. 지난밤, 내가 만든 엄청난 산타개로스 덫을 엄망이 다 치운 뒤에(엄망은 무척 감동한 나머지 거의 하루 종일 비명과 괴성을 질렀어), 러프와 나는 잠자는 방으로 돌아갔는데 러프의 베개 위에 뭔가 이상한 물건이 놓여 있는 걸 발견했어.

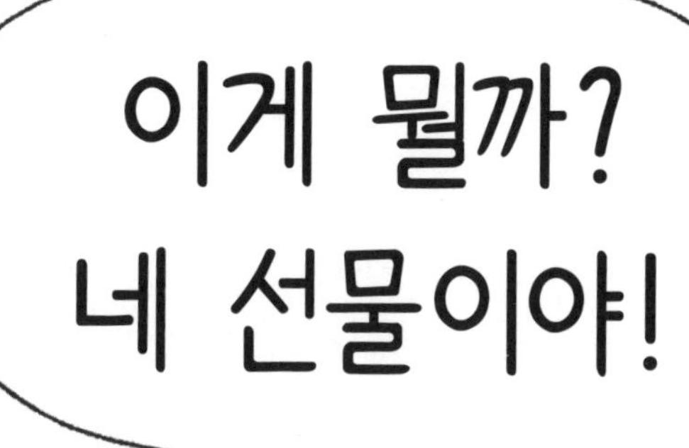
이게 뭘까?
네 선물이야!

주니어에게

아니, 이게 뭐야?! 산타개로스가 **응가 방어 작전**에 큰 감명을 받은 나머지, 나한테 견생처음 받는 개리스마스 선물을 남기고 갔네. **시커먼 덩어리야!**

나는 착하고 똑똑한 강아지인 게 분명해!

메리
개리스마스!

멍멍어 사전

멍멍어를 잘하려면 꼭 알아야 할 낱말들

인간어	멍멍어
명절 연휴 기간	멍절 기간
추수감사절	치치감사절
크리스마스	개리스마스
뉴 이어즈 데이	뉴 이어즈 데이
독립기념일	도그립기념일

인간

인간어	멍멍어
강아지 주인	반려 인간
할머니	할멍
할아버지	할아벙
엄마	엄망
조지아	조조
레이프	러프
카차도리언	강쥐도리언
산타클로스	산타개로스

장소

인간어	멍멍어
집	개집
침실	잠자는 방
주방	식량 방
욕실	물방울이 뚝뚝 떨어지는 응가 방
거실	그림 상자 방

물건

인간어	멍멍어
냉장고	차갑고 싸늘하고 기다란 기계
오븐	뜨거운 불 상자
TV	그림 상자
소파	폭신폭신 말랑말랑 의자
자동차	사람들이 타고 다니는 바퀴 달린 상자
전화기	귀에 대는 소리 막대
휴대 전화	말하는 작은 상자
고드름	개드름

주니어 그리는 법...
-리처드 왓슨

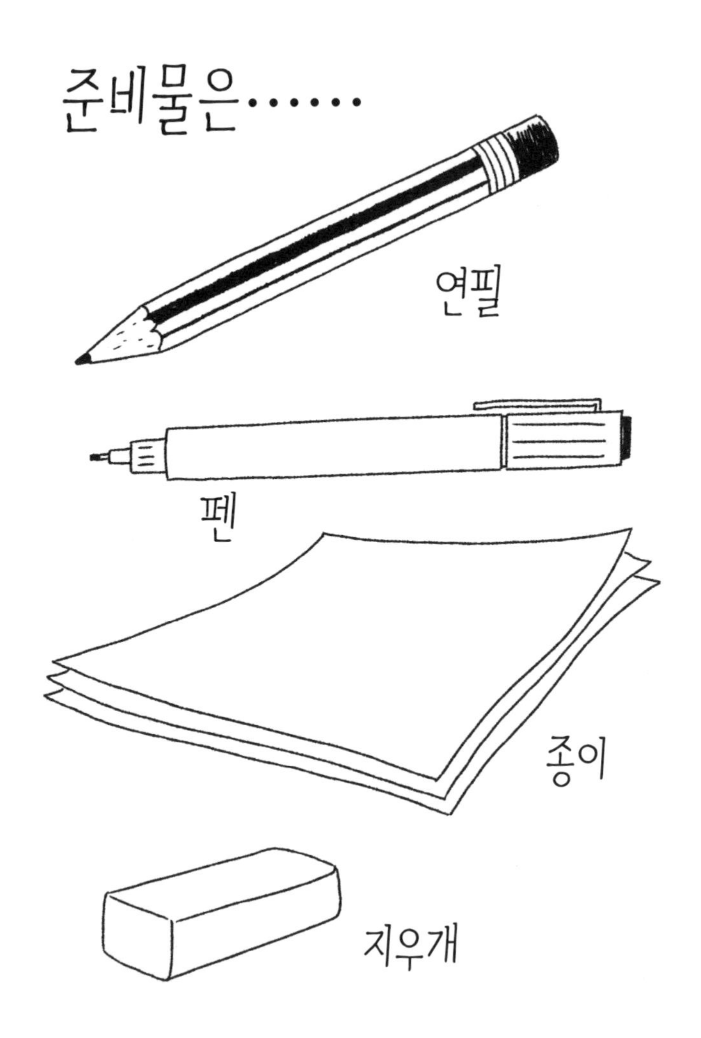
준비물은……
연필
펜
종이
지우개

★ 연필로
동그라미 3개를 그려요.
이렇게…….

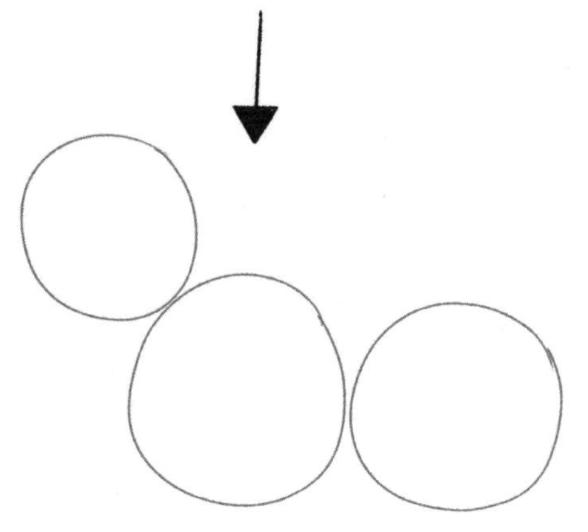

★ 동그라미 3개를 연결하는 선을 그려요…….

★ 맨 위 동그라미에는 주둥이를 더해 주세요.

★ 다음엔 주니어의 다리와 꼬리를 대충 그려요.

★ 이제 펜을 이용해서, 도형 주위에 들쭉날쭉한 선을 그려서 주니어의 털을 표현해 주세요.

★ 여기에 입을 그려 주세요.

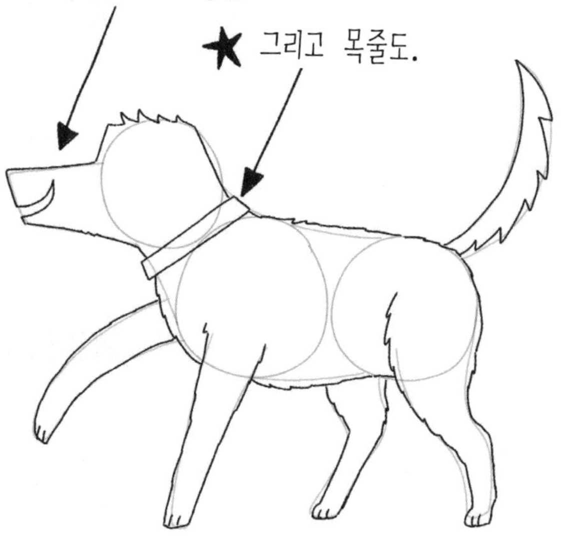

★ 이제 연필 선을 지워요…….

★ 주니어의 눈을 그리려면
작은 동그라미 2개를 그려요.

★ 다음엔 귀와 코를 그려요.

★ 마지막으로……

눈동자에 점을 찍어 주고

눈썹을 그리고

코와 귀는 까만색으로 칠해 주세요…….

자, 이제 뒤로 한 발짝 가서 작품을 감상해 보세요!

다른 모습의 오딘을 찾아라!

아래 오딘 그림 중에는 모습이 조금 다른 오딘이 하나 있어요!
다른 모습의 오딘은 어디에 있을까요?

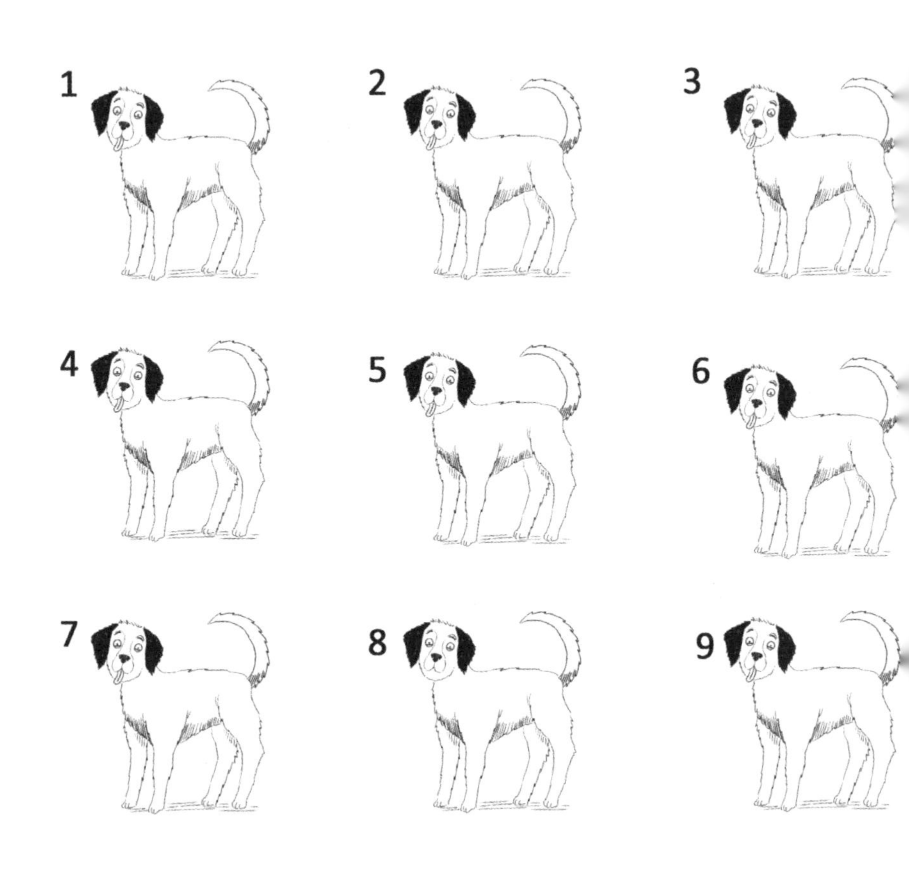

정답 : 8번

각각의 그림은 몇 개일까?

정답 : 뼈다귀-4 , 징기스-3, 발자국-7
구름-5, 롤라-5, 별-7

글 제임스 패터슨 현재 전 세계에서 가장 인기 있는 이야기꾼 가운데 한 명입니다. 〈맥시멈 라이드〉, 〈내 인생 최악의 학교〉, 〈아이 퍼니〉를 비롯한 수많은 시리즈와 캐릭터를 창조해 왔습니다. 빌 클린턴 전 미국 대통령과 《대통령이 사라졌다》를 썼고, 알베르트 아인슈타인 재단과 〈맥스 아인슈타인〉 시리즈를 집필했습니다. 〈뉴욕 타임스〉 베스트셀러 1위를 가장 많이 한 작가로 기네스북에 올라 있으며, 전 세계에서 4억 부 이상 책이 팔렸습니다. 영미권 최고의 추리 문학상인 에드거상, 미국 방송계의 아카데미상으로 불리는 에미상, 전미 도서 재단이 수여하는 리터러리안상을 받았습니다. 〈도그 다이어리〉 시리즈는 미국에서만 75만 부 이상 판매되었고 이탈리아와 스페인, 러시아 등 7개국에 판권이 수출되었습니다.

글 스티븐 버틀러 배우이자 성우이며 어린이책 작가입니다. 〈잘못된 퐁〉 시리즈로 명망 있는 로알드 달 퍼니 프라이즈 작품상 후보에 올랐습니다. 또한 지구상에서 가장 큰 독서 행사인 '세계 책읽기의 날' 진행자이기도 합니다.

그림 리처드 왓슨 2003년에 영국 링컨대학교에서 낙서(그림) 전공으로 졸업한 뒤에 강아지가 등장하는 책에 그림을 그리고 있습니다. 움직이는 그림 상자 보기, 야생 동물 관찰(라쿤!), 음악 등을 즐깁니다.

옮김 신수진 오랫동안 어린이책 편집자로 일했습니다. 지금은 제주도에서 그림책 창작 교육과 전시 기획 활동을 하고 있습니다. 옮긴 책으로 《완벽한 크리스마스를 보내는 방법》, 《콘브레드와 포피》, 〈내 친구 스누피〉 시리즈, 〈나무 집〉 시리즈 등이 있습니다.

도그 다이어리 2 메리 개리스마스!

처음 인쇄한 날 2024년 11월 15일 | **처음 펴낸 날** 2024년 12월 5일

글 제임스 패터슨, 스티븐 버틀러 | **그림** 리처드 왓슨 | **옮김** 신수진
펴낸이 이은수 | **편집** 김연희, 오지명, 박진희 | **디자인** 원상희 | **마케팅** 정원식
펴낸곳 마술피리(초록개구리) | **출판등록** 2013년 10월 21일(제300-2013-121호)
주소 서울시 종로구 비봉2길 32, 3동 101호 | **전화** 02-6385-9930 | **팩스** 0303-3443-9930
제조국 대한민국 | **사용 연령** 8세 이상
인스타그램 instagram.com/greenfrog_pub

ISBN 979-11-5782-308-6 74840 | ISBN 979-11-5782-281-2(세트)

• 마술피리는 초록개구리가 만든 또 하나의 출판 브랜드입니다.